北宋文選

第三冊

楊慶存　楊靜　編選

北京聯合出版公司

文與可畫篔簹谷偃竹記①

題解 這是蘇軾為好友文與可《篔簹谷偃竹》畫卷所寫的一篇題畫記。雖名為「畫記」，卻意在畫外。全文圍繞《篔簹谷偃竹》來議論、敘事和抒情，充滿濃厚的抒情意味。首先以輕快的筆墨敘寫文與可畫竹的獨具匠心和嫻熟的技法，闡述繪畫理論，提出了「胸有成竹」的文學批評觀點。再由理及人，睹畫懷人，追憶與文與可知音期許、相教相戲的真情交往。最後說明寫作此文的緣由。

文章雖寫得隨便灑脫，縱橫變化，但卻非渙散不收，漫無邊際。而是始終以畫相貫穿，以二人情誼為中心，結構完整，脈絡清楚，形散而神不散，典型地體現了蘇軾散文文理自然，姿態橫生的特點。

原文 竹之始生，一寸之萌耳，而節葉具焉。自蜩腹蛇蚹以至於劍拔十尋者②，生而有之也。今畫者乃節節而爲之③，葉葉而累之，豈復有竹乎？故畫竹必先得成竹於胸中，執筆熟視，乃見其所欲畫者，急起從之，振筆直遂④，以追其所見。如兔起鶻落⑤，少縱則逝矣。與可之教予如此。予不能然也，而心識其所以然。夫既心識其所以然而不能然者，內外不一，心手不相應，不學之過也。故凡有見於中而操之不熟者，平居自視了然，而臨事忽焉喪之，豈獨竹乎？子由爲《墨竹賦》以遺與可⑥，曰：「庖丁⑦，解牛者也，而養生者取之；輪扁，斲輪者也，而讀書者與之⑧。今夫夫子之託於斯竹也⑨，而予以爲有道者，則非耶？」子由未嘗畫也，故得其意而已。若余者，豈獨得其意，并得其法。

與可畫竹，初不自貴重，四方之人持縑素而請者⑩，足相躡於其門。與可厭之，投諸地而罵曰：「吾將以爲襪材。」士大夫傳之，以爲口實。及與可自洋州還，而余爲徐州⑪。與可以書遺余曰：「近語士大夫：『吾墨竹一派，近在彭城⑫，可往求之。』襪材當萃於子矣。」書尾復寫一詩，其略云：「擬將一段鵝溪絹⑬，掃取寒梢萬尺長⑭。」予謂與可：「竹長萬尺，當用絹二百五十匹。知公倦於筆硯，願得此絹而已。」與可無以答，則曰：「吾言妄矣，世豈有萬尺竹哉？」余因而實之⑮，答其詩曰：「世間亦有千尋竹，月落庭空影許長。」與可笑曰：「蘇子辯矣，然二百五十匹，吾將買田而歸老焉。」因以所畫《篔簹谷偃竹》遺予，曰：「此竹數尺耳，而有萬尺之勢。」篔簹谷在洋州，與可嘗令予作《洋州三十詠》⑯，《篔簹谷》其一也。予詩云：「漢川修竹賤如蓬⑰，斤斧何曾赦籜龍⑱。料得清貧饞太守，渭濱千畝在胸中⑲。」與可是日與其妻游谷中，燒筍晚食，發函得詩，失笑噴飯滿案。

元豐二年正月二十日，與可沒於陳州⑳。是歲七月七日，予在湖州曝書畫㉑，見此竹廢卷而哭失聲。昔曹孟德《祭橋公文》有「車過」、「腹痛」之語㉒。而予亦載與可疇昔戲笑之言者，以見與可於予親厚無間如此也㉓。

注釋

①文與可：文同（一〇一八—一〇七九），字與可，人稱石室先生。梓州永泰（今四川鹽亭）人。曾任洋州、湖州知州，世稱文湖州。北宋著名畫家，畫竹尤精，是當時墨竹畫派的代表，著有《丹淵集》，是蘇軾的表兄。篔簹谷：在洋州（今陝西洋縣）西北，因產篔簹竹（竹名，生在水邊，莖粗，竿長，是竹中最大的一種）而出名。②蜩腹：蟬後腹的横紋。蜩，蟬。蚹：蛇腹下的横鱗。尋：古代八尺爲一尋。③今畫者：指當時鈎勒賦色一派的畫家。節節而爲之：一節節地堆積鈎勒而成。④振：奮。形容畫時運筆的迅速。直遂：一往直前，中途不間斷。⑤兔起：兔的躍起。鶻落：鶻（屬鷹類）的降落。⑥子由：蘇軾之弟蘇轍，字子由。見本書蘇轍簡介。⑦庖：廚師。丁：廚師之名。⑧「輪扁」以下：《莊子·天道》記載，齊桓公在堂上讀書，輪扁在堂下斫輪，輪扁不贊成齊桓公讀死書的做法，認爲桓公所讀都是古人糟粕，并用斫輪比譬，認爲有些道理是實踐中才能體會到的。桓公最終被他說服。輪，造車輪的工匠。扁，工匠之名。⑨夫子：這裏指文與可。⑩縑素：絲織品。色潔白者爲素，淡黃者爲縑。⑪徐州：州名，治所在今江蘇銅山。蘇軾於熙寧九年（一〇七六）十二月，由密州移知徐州。⑫彭城：今江蘇徐州。⑬鵝溪絹：四川鹽亭縣出產的絹，頗爲名貴，宜於作畫。⑭梢：竹梢。竹經冬不凋，古人稱之爲「歲寒三友」之一，所以此處稱其爲寒梢。⑮實：證實。⑯《洋州三十詠》：熙寧九年（一〇七六）三月蘇軾在密州任所作，全詩今存。⑰漢川：指洋州，洋州在漢水上游，所以又稱漢川。⑱籜龍：竹筍。籜，原指竹筍上一片片的皮。⑲「渭濱」句：《史記·貨殖列傳》載：「渭川千畝竹……此其人皆與千戶侯同。」詩用《史記》的典故來比喻洋州多竹。此句是作者詼諧的說法，意思是「饞太守」（指時任洋州知州的文同）將渭濱千畝竹筍都吞下去了，比喻文同胸中有豐富的墨竹畫稿。宋人韋居安《梅磵詩話》引時人兩句詩云：「每日三廚都是筍，看看滿腹千竿青。」⑳陳州：今河南淮陽。文同於元豐元年（一〇七八）十月除知湖州，次年正月病逝於陳州的宛丘驛。㉑予在湖州：文同死後，蘇軾繼任湖州知州。曝：曬。㉒「昔曹孟德」句：曹操年輕時，不被人重視，祇有當時名望很高的橋玄對其多有獎助。建安七年（二〇二），曹操治理睢陽渠，使人以太牢祭祀橋玄，作祭文曰：「……殂逝之後，路有經由，不以斗酒祇鷄相沃酹，車過三步，腹痛勿怪。雖臨時戲笑之言，非至親之篤好，胡肯爲此辭乎？」（見《三國志·魏志·武帝紀》）㉓無間：沒有隔閡。

譯文

竹子剛出土時，祇有一寸多長的嫩芽，但竹節和竹葉都已經具備。而從它像蟬蛇蛻殼一樣，一直長到劍一般挺拔的百尺之高，都是自然生長的結果。如今畫竹的人都是一節一節地畫，一片葉一片葉地堆積起來，這樣怎麼還會有形象完整的、活生生的竹子呢？所以畫竹必須要心中先有完整的竹子的神韻姿態，拿起筆凝神想象，一看到合適的意象，就趕快捕捉住，揮動畫筆，一氣呵成，以追摹心中所見的竹子形象。就像兔子剛躍起奔逃，老鷹立即俯沖追擊一樣，稍一放鬆，畫的形象就立卽消失了。與可就是這樣教我的。我雖然不能做到這樣，但心裏明白這樣做的道理。既然心裏明白這樣做的道理，卻做不到這樣，是由於內外不一，心裏所想與手上所畫的不一樣，而不能得心應手，是沒有刻苦學習的過錯。所以心裏有一定見解，但是做起來不熟練的人，平常自己認爲很明白，可事到臨頭忽然又忘記了，難道僅僅是畫竹這樣嗎？子由寫了篇《墨竹賦》贈給與可，說：「庖丁是殺牛的，但講求養生的人從他的經驗中悟出了養生的道理；輪扁是制造車輪的工匠，而讀書的人贊成他講的道理。如今您也把某種道理寄寓在畫竹之中，我認爲您也是深知事理的人，難道不是嗎？」子由沒有學過繪畫，所以衹領會了其中的道理。像我，不僅明白其中的道理，而且學會了畫竹的技法。

與可畫竹，起初自己并不看重，四面八方的人都拿着白絹來請他作畫，絡繹不絕地湧到他家裏。與可感到很厭煩，把那些白絹丟在地上，罵道：「我要用這些白絹做襪子。」這件事在士大夫們中間傳開，成了話柄。等與可從洋州回來，我正在徐州做太守，與可寄信給我說：「近來我告訴文人們說：『我們畫墨竹這一流派的人，已傳給近在徐州的蘇軾，你們可去求他作畫。』做襪子的材料會聚集到您那裏去了。」信末又寫了一首詩，它的大概意思說：「擬將一段鵝溪絹，掃取寒梢萬尺長。」我對與可說：「竹子長萬尺，應該用絹二百五十匹。知道您是懶得動筆，衹是希望得到

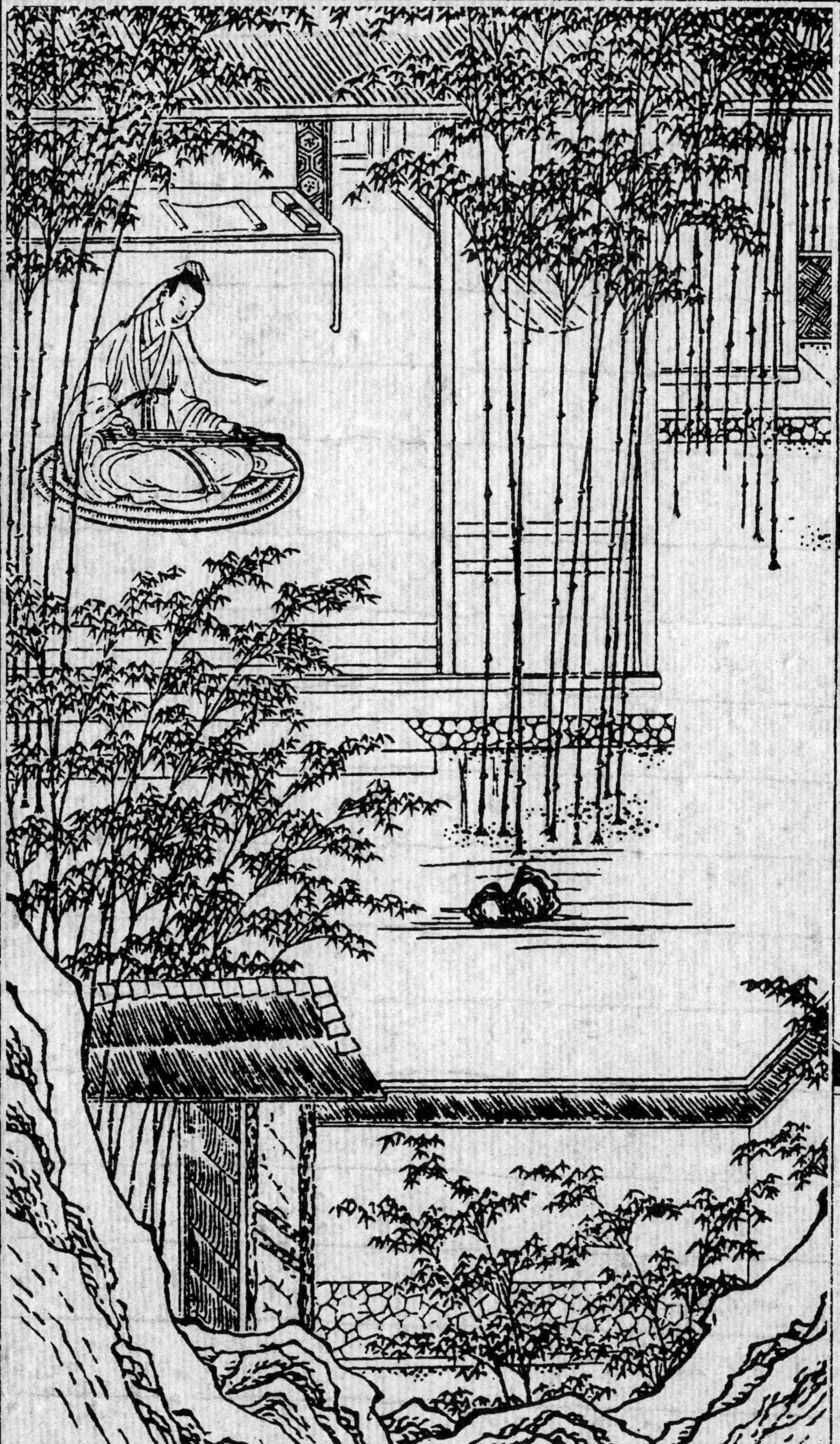

這些絹罷了。」與可無話可答，就說：「我說錯了，世上哪有萬尺長的竹子呢？」我就舉例證實，回答他的詩說：「世間亦有千尋竹，月落庭空影許長。」與可笑着說：「您太會說了！但如果有二百五十匹絹，我就用它們買田退休回家養老了。」於是他把所畫的《篔簹谷偃竹》送給我，說：「這竹子雖然衹有幾尺高，卻有萬尺的氣勢。」篔簹谷在洋州，與可曾讓我作《洋州三十詠》，《篔簹谷》是其中一首。我的詩說：「漢川修竹賤如蓬，斤斧何曾赦籜龍。料得清貧饞太守，渭濱千畝在胸中。」與可那天正好與他的妻子在篔簹谷游玩，正炒了竹筍吃晚飯，拆開信封看到這首詩，忍不住大笑起來，飯噴的滿桌都是。

元豐二年正月二十日，與可在陳州去世。這年七月七日，我在湖州晾曬書畫，看到這幅《篔簹谷偃竹》畫，不由放下畫卷痛哭失聲。當年曹孟德《祭橋公文》，祭文中有「車過」、「腹痛」的話語。而我今天也把與可往日同我開玩笑的話記載下來，由此可見我與與可是這樣親密無間啊。

李氏山房藏書記①

題解　本文是作者於宋神宗熙寧九年（一〇七六）在密州時所作。該記先用各種珠玉珍寶和生活器用與書籍作對比，指出書籍的巨大社會作用。繼言「學必始於觀書」，說明書籍刻印、傳播的歷史發展，并以李公擇讀書廬山、藏書之豐富，反襯出「今之學者有書而不讀」的可嘆可惜，表彰藏書者「以遺來者」的仁人之心。末尾交代作記緣由與目的，勸勉今人要認真讀書，為世所用。

文章不局限於記敘藏書本身，而是將書與人的關係作為表現中心，敘議結合，正反對比，強調認真讀書的必要性。視野開闊，立意高遠。

原文　象、犀、珠、玉、怪珍之物，有悅於人之耳目，而不適於用。金、石、草、木、絲、麻、五穀、六材②，有適於用，而用之則弊，取之則竭。悅於人之耳目，而適於用；用之而不弊，取之而不竭；賢不肖之所得，各因其才；仁智之所見，各隨其分；才分不同，而求無不獲者，惟書乎！

自孔子聖人，其學必始於觀書。當是時，惟周之柱下史老聃爲多書③。韓宣子適魯，然後見《易》、《象》與《魯春秋》④。季札聘於上國⑤，然後得聞詩之風、雅、頌。而楚獨有左史倚相，能讀《三墳》、《五典》、《八索》、《九丘》⑥。士之生於是時，得見六經者蓋無幾⑦，其學可謂難矣！而皆習於禮樂，深於道德，非後世君子所及。

自秦漢以來，作者益衆，紙與字畫日趨於簡便，而書益多，士莫不有，然學者益以苟簡⑧，何哉？余猶及見老儒先生，自言其少時，欲求《史記》、《漢書》而不可得⑨；幸而得之，皆手自書，日夜誦讀，惟恐不及。近歲市人轉相摹刻⑩

諸子百家之書⑪，日傳萬紙。學者之於書，多且易致如此，其文詞學術，當倍蓰於昔人⑫。而後生科舉之士，皆束書不觀，游談無根，此又何也？

余友李公擇，少時讀書於廬山五老峰下白石庵之僧舍⑬。公擇既去⑭，而山中之人思之，指其所居爲「李氏山房」。藏書凡九千餘卷。公擇既已涉其流，探其源，采剝其華實⑮，而咀嚼其膏味，以爲己有，發於文詞，見於行事，以聞名於當世矣。而書固自如也⑯，未嘗少損。將以遺來者，供其無窮之求，而各足其才分之所當得。是以不藏於家，而藏於其故所居之僧舍，此仁者之心也。

余既衰且病，無所用於世，惟得數年之閑，盡讀其所未見之書。而廬山固所願游而不得者。蓋將老焉。盡發公擇之藏，拾其餘棄以自補，庶有益乎⑰？而公擇求余文以爲記，乃爲一言，使來者知昔之君子見書之難，而今之學者有書而不讀，爲可惜也。

注釋

①李氏：即李常（一〇二七—一〇九〇），字公擇，建昌（今屬江西）人。皇祐年間進士。歷知鄂州、湖州、齊州。累遷禮部侍郎、戶部尚書，仕至御史中丞，兼侍讀，加龍圖閣直學士。②六材：古代制弓所用的六種材料。《周禮·考工記·弓人》：「弓人爲弓，取六材必以其時；六材既聚，巧者和之。」③柱下史：掌管藏書之官。老聃：即老子，名耳，字聃。《史記·老子韓非子列傳》：「老子者，楚苦縣厲鄉曲仁里人也，姓李氏，名耳，字聃，周守藏書室之史也。」《史記·張蒼傳》：「老子爲柱下史，蓋即藏室之柱下，因以爲官名。」④「韓宣子適魯」二句：韓宣子，晉大夫。《左傳·昭公二年》昭公二年載：「晉侯使韓宣子來聘。……觀書於大史氏，見《易》、《象》與《魯春秋》。曰：『周禮盡在魯矣！』」⑤季札聃於上國：《左傳·襄公二十九年》載，季札朝聘於魯，請觀周樂，魯使樂工爲之歌《國風》、《雅》、《頌》，季札一一評之。季札，春秋時吳國公子，吳王壽夢之季子，封於延陵，故號曰延陵季子。上國，春秋時稱中原諸侯國爲上國。⑥「而楚獨有左史倚相」二句：《左傳·昭公十二年》載，楚靈王與子革語，「左史倚相趨過。王曰：『是良史也，子善視之！是能讀《三墳》、《五典》、《八索》、《九丘》』」。左史，官名。周代官吏分左史、右史。左史記行，右史記言。倚相，楚國史官名。《三墳》、《五典》、《八索》、《九丘》，杜預注曰：「皆有古書名。」古今解此四種書者甚多，然其書早已祇字無存，無所驗證。」⑦六經：是指經過孔子整理而傳授的六部先秦古藉：《詩經》、《尚書》、《儀禮》、《樂經》、《周易》、《春秋》。⑧苟簡：馬虎，不認眞。⑨《史記》：西漢司馬遷著。是我國第一部記傳體通史，記事起自傳說中的軒轅黃帝，止於漢武帝劉徹，約三千年。《漢書》：東漢班固所著。我國第一部記傳體斷代史，記事起自漢高祖劉邦，止於王莽，共二百三十年。⑩市人：出版商人。摹刻：翻印。⑪諸子百家：泛指春秋戰國以來的各種學術流派。⑫倍蓰：超出一倍或五倍。蓰，五倍。⑬廬山：在今江

西九江南。⑭既：副詞，在……之後。⑮剝：分析。華：同「花」。實：果實。⑯固：副詞，表示肯定。自如：照舊，原來的樣子。⑰庶：副詞，表示可能發生的事，也許。

【譯文】象牙、犀角、珍珠、玉璧和奇异的珍寶這類東西，雖然能讓人賞心悅目，但沒有實用價值。金、石、草、木、絲、麻、五穀和各種制作材料，雖然有實用價值，可是使用久了就會毀壞，索取過度就會枯竭。既能讓人賞心悅目，又有實用價值；用也用不壞，取也取不完；好人和壞人根據各人的才智大小，都會有一定的收獲；老實人和聰明人隨着各人的天分不同，都會有一定的發現；才智和天分雖然各不相同，但是衹要你去尋找，就一定會有所收獲的那種東西，大概衹有書籍吧！

從孔子這樣的聖人開始，人們的學習一定是從讀書開始的。在這個時代，衹有周朝的拄下史老聃擁有很多書。韓宣子到魯國訪問，這才見到了《易》、《象》和《魯春秋》。季札訪問魯國，然後才能聽到風、雅、頌等樂歌。而楚國衹有左史倚相，能讀懂《三墳》、《五典》、《八索》、《九丘》。讀書人生在這個時代，能見到六經的大概沒有多少，他們的學習可說是很困難了！然而他們都熟習禮儀音樂，又有深厚的道德修養，不是後代的人們所能趕上的。

從秦漢以來，寫文章的人越來越多，紙張和文字筆畫一天比一天簡便，而書籍越來越多，社會上到處都有。然而讀書人的學習態度卻越來越不認眞，這是爲什麼呢？我還趕上看到那些老讀書先生，據說在他們小時候，要想找一部《史記》、《漢書》也找不到；僥幸得到一部，就趕緊動手抄寫，日夜誦讀，惟恐讀不完。近年來，書商輾轉翻刻諸子百家的書，一天就能傳播出成千上萬的印張。書籍對於讀書人來說，就是這樣多而且很容易找到。那麼他們的文章詞采和學術造詣，就應當超過前人一倍或者五倍。然而參加科舉的年輕士子們，卻都把書捆起來不讀，整天沒有根據地東拉西扯，這又是爲什麼呢？

我的朋友李公擇，年輕時在廬山五老峰下白石庵的僧舍中讀書。公擇離開後，山里人都很懷念他，便把他住過的僧房命名爲「李氏山房」。那裏的藏書共有九千多卷。公擇不僅涉獵了各類書籍的演變，深入探索了它們的根源，吸取它們的精華，并且仔細咀嚼它們的韻味，而轉化爲自己的學養，再把它寫在文章中，落實在行動上，爲此而聞名於當代。可是那些書卻還是原來的樣子，并沒有一點損壞。公擇打算把他的藏書留傳給後人，供他們去作無窮無盡的探求，滿足不同才分的人各自相應的需求。因此，不把這些書藏在家裏，而藏在他從前住過的僧舍裏。這是忠厚之人的深遠用心啊！

我已經衰弱而且多病，沒有什麼可被世人利用，希望能在幾年以內，全部讀完那些未曾見過的書。而廬山又是我本來想去游覽，卻一直沒有去成的地方，大概我衹能老死在密州這個地方了。如果能把公擇的藏書全部打開，撿他扔得剩下的一點來彌補自己的不足，也許會很有收益吧？公擇要求我寫一篇文章作爲他的藏書記，我於是寫下這樣一番話，以便讓後人了解從前的讀書人讀書的困難，而現在求學的人有書卻不讀，實在是太可惜呀！

答謝民師書①

題解 本文是蘇軾晚年的作品。這既是一篇書信體散文，又是一篇文藝性論文。作者稱讚了友人謝民師的詩賦雜文，同時鮮明地表達了自己的文藝主張。提出了「如行雲流水，初無定質」、「文理自然」、「瞭然於心」及「瞭然於口與手」等文學理論，并通過揚雄的「好為艱深之辭」，批評了當時文壇上險怪、雕琢的文風，見解獨到。這封信既是蘇軾對文藝規律的深入探索與高度概括，也是對自己「詩賦雜文」創作經驗的簡要歸結。

全文發微闡妙，詳略得當，設譬新巧，揮灑自如，是中國古代書信體散文的名篇。

原文 軾啓：近奉違②，亟辱問訊，具審起居佳勝③，感慰深矣。軾受性剛簡，學迂材下，坐廢累年④，不敢復齒縉紳⑤。自還海北⑥，見平生親舊，惘然如隔世人⑦，況與左右無一日之雅⑧，而敢求交乎？數賜見臨，傾蓋如故⑨，幸甚過望，不可言也。

所示書教及詩賦雜文⑩，觀之熟矣。大略如行雲流水，初無定質⑪，但常行於所當行，常止於所不可不止，文理自然⑫，姿態橫生。孔子曰：「言之不文，行而不遠。」⑬又曰：「辭達而已矣⑭。」夫言止於達意，卽疑若不文，是大不然。求物之妙，如繫風捕影⑮，能使是物了然於心者，蓋千萬人而不一遇也，而況能使了然於口與手者乎？是之謂辭達。辭至於能達，則文不可勝用矣。

揚雄好爲艱深之辭⑯，以文淺易之說，若正言之，則人人知之矣。此正所謂「雕蟲篆刻」者⑰，其《太玄》、《法言》⑱，皆是類也。而獨悔於賦，何哉？終身雕篆，而獨變其音節⑲，便謂之「經」，可乎？屈原作《離騷經》⑳，蓋《風》、《雅》之再變者，雖與日月爭光可也㉑。可以其似賦而謂之雕蟲乎？使賈誼見孔子，陞堂有餘矣，而乃以賦鄙之，至與司馬相如同科㉒。雄之陋，如此比者甚衆。可與知者道，難與俗人言也，因論文偶及之耳。歐陽文忠公言文章如精金美玉㉓，市有定價，非人所能以口舌定貴賤也。紛紛多言，豈能有益於左右，愧悚不已。

所須惠力法雨堂兩字㉔，軾本不善作大字，強作終不佳，又舟中局迫難寫，未能如教。然軾方過臨江㉕，當往游焉。或僧有所欲記錄，當爲作數句留院中，慰左右念親之意。今日至峽山寺㉖，少留卽去。愈遠，惟萬萬以時自愛。不宣。

注釋 ①謝民師：生卒年不詳，名舉廉，新淦（今屬江西）人。宋神宗元豐八年（一〇八五）進士，工詩，有《蘭溪集》。曾敏行《獨醒雜志》卷一：「東坡自嶺南歸。民師袖書及舊作遮謁。

東坡覽之，大見稱賞。」②奉違：告別。奉，敬詞。③具：完全。審：明白。④坐廢累年：因事獲罪而受到貶斥多年。蘇軾於宋哲宗紹聖元年（一〇九四），以爲文譏斥先朝的罪名，遠謫惠州（治所在今廣東惠州），紹聖四（一〇九七）年改謫儋州，元符三年（一一〇〇）始復官內調，前後達七年。⑤齒：并列的意思。縉紳：原意是插笏（古代朝會時官宦所執的手板，有事就寫在上面，以備遺忘）於帶，舊時官宦的裝束，後稱士大夫爲縉紳。縉，插。紳，大帶。⑥還海北：宋哲宗元符三年（一一〇〇），宋徽宗即位，蘇軾遇赦渡海北還。這一年，作者六十五歲，是逝世的前一年。⑦惘然：失意的樣子。⑧左右：指謝民師。古代信札不直稱對方，而稱其左右侍從，以示尊敬。雅：平素，這裏指交情。⑨傾蓋如故：初次見面就像友誼深厚的老友一樣。傾蓋，停車交蓋。意謂雙方道中相遇，并車對語，致車蓋相碰撞而下傾。鄒陽《獄中上梁王書》引古諺：「白頭如新，傾蓋如故。」⑩書教：統指文書、文告等官府應用文章。一說，指來信。教，對人的書信的客氣說法。⑪定質：一定的體式、形態。⑫文理：文章的結構、脈絡。⑬「孔子曰」句：見《左傳·襄公二十五年》：「仲尼曰：『志有之，言以足志，文以足言。不言，誰知其志？言之無文，行而不遠。』」文：文采。行：流傳。⑭辭達而已矣：見《論語·衛靈公》。達：表達清楚。⑮繫風捕影：比喻掌握事物的特點如拴住風和捉住影子一樣困難。⑯揚雄：字子雲，西漢末年人，著名文學家、哲學家。爲文喜作艱深之語。見《漢書·揚雄傳》。⑰雕蟲篆刻：指雕琢字句，比喻詞章小技。揚雄《法言·吾子》：「或問：『吾子少而好賦？』曰：『然。童子雕蟲篆刻。』俄而曰：『壯夫不爲也。』」蟲，蟲書，筆劃如蟲形的一種字體。刻，刻符，刻在信符上的種字體。這是秦時八種字體中的兩種，纖巧難工，是西漢時學童必須學習的。⑱《太玄》、《法言》：揚雄所著，分別模仿《易經》、《論語》而作成。⑲音節：指辭賦的用韻、講求聲調等。⑳《離騷經》：漢代王逸注《楚辭》，尊《離騷》爲「經」。㉑「蓋《風》」二句：《詩經》中的《國風》、《小雅》、《大雅》部分有些表達憂怨之情的文章，漢代學者稱之爲「變風」、「變雅」。《離騷》寫「離憂」，故前人說其兼有《風》、《雅》精神。蘇軾以《離騷》比附風雅，故云「再變」。《史記·屈原賈生列傳》曰：「屈原之作《離騷》，蓋自怨生也。《國風》好色而不淫，《小雅》怨誹而不亂，若《離騷》者，可謂兼之矣。……推此志也，雖與日月爭光可也。」㉒「使賈誼見孔子」四句：《法言·吾子》：「如孔氏之門用賦也，則賈誼陞堂，相如入室矣；如其不用何！」賈誼、司馬相如，西漢著名的辭賦家。堂，正廳。室，內室。先入門，次陞堂，最後入室。比喻道德學問或技能由淺入深，循序漸進，達到更高的水平。《論語·先進》：「子曰：『由也，陞堂矣，未入室。』」㉓歐陽文忠公：即歐陽修，卒謚「文忠」。歐陽修在《蘇氏文集序》中說：「斯文，金玉也。」㉔惠力：佛寺名。法雨堂：寺中的堂名。㉕臨江：宋代臨江軍，治所在今江西省清樟樹市。謝氏此時在廣州任職，而其故里在新淦，即在此轄境內。㉖峽山寺：又名飛來寺，在今廣東清遠東峽山上，爲古代名刹之一。

【譯文】軾啓稟：不久前我奉旨北還，承蒙您多次寫信問候，并得知您日常起居安好，我感到十分欣慰。我秉性剛直簡慢，學識迂闊，才能低下，因事獲罪而多年被弃置不用，不敢再自居於士大夫行列。自從渡海北還以來，見到舊日親友，悵惘恍惚，好像是另一個世界的人，何況與您平素沒有什麼交情，怎麼敢貿然討擾呢？您數次屈尊光臨，與我一見如故，我感到慶幸之至，完全意想不到，這種心情無法用言辭來形容。

您給我看的書啓、詩賦、雜著等作品，我已經讀了多遍。大體說來，作文應該像舒卷自如的雲霞，自然流淌的溪水，原本沒有什麼固定的格式，衹是行文通常在必當展開的地方展開，而在該停止的地方停止，文章的脈絡自然，千姿百態，變化多端。孔子說：「語言不講究文采，流傳就不會廣遠。」又說：「言辭衹求能表達意思就行了。」說起言辭衹求達意就行了，但假如猜想就是指不講究文采，這種看法是很不對的。要探求事物的奧妙，如同要拴住風、捉住影子那樣困難，能把事物的奧妙徹底弄清楚的人，大概在千萬人中也找不到一個，而何況是要在語言和文字上都能充分地表達清楚呢？能做到這樣，才叫作文辭達意。言辭能做到把事物的奧妙表達清楚的程度，那麼他的文采就運用不盡了。

揚雄喜歡用艱深曲折的辭藻來掩飾他淺陋的見識，假如直截了當地說出來，就人人都能明白了。這種寫作方法正是揚雄自己所批評的「雕蟲篆刻」般的文字游戲，他的《太玄》、《法言》都屬於這

一類文章。而他偏偏衹對作賦而追悔，這是爲什麼呢？揚雄一輩子都在搞這種雕蟲小技的東西，衹是在寫作《太玄》、《法言》時，不用講究音韻、聲調的賦體而改用散體，便稱它們爲「經」，這可以嗎？屈原寫的《離騷經》，是《風》、《雅》傳統的繼續發展，它的輝煌成就即使與日月爭輝也毫不遜色。難道我們能夠因爲它形式上像賦，就說它是雕蟲小技嗎？假如讓賈誼與孔子同時，那麼他的造詣已經達到入室的境界了，而揚雄卻因他作過辭賦而鄙視他，甚至把賈誼與司馬相如等同看待。揚雄這類見識淺陋的情況是很多的。這些道理衹能跟有見識的人說，很難對一般人講，我不過是借談論文章的機會偶然談到罷了。歐陽文忠公曾說文章像精美的金玉，市場上自有確定的價格，不是隨便什麼人可以憑嘴上說說就決定貴賤的。講了一大堆，對您未必有所補益，心裏衹覺得慚愧惶恐不已。

您要我爲惠力寺法雨堂題字，但我本來不善於書寫大字，勉強寫來終究不好，又加上船上地方狹小局促，難於揮筆，所以未能遵命寫好。但是我將要路過臨江縣，屆時應當去惠力寺游覽一番。也許寺僧要我寫一點什麼，留作紀念，我會寫幾句留在寺院內，以安慰您的鄉土之思。今天到達峽山寺，稍作逗留後就離開了。相距越來越遠，希望你千萬時時珍重自已。不再一一盡述。

稼說送張琥①

題解　此文主要是以種田為喻，講治學修業之道。文章一開始，以一句提問「曷嘗觀於富人之稼乎？」提挈全篇，引起下文。繼而用富人與窮人的兩種耕作方法和結果作對比，指出因地不同，種法不同，收穫也就不同。接着再用古人與今人對比，着重說明做學問和種莊稼的道理一樣，不能寸寸而取，造成地力枯竭，而要平居自養，不斷積累，才能「博觀而約取，厚積而薄發。」最後又托張琥把此意轉告自己的弟弟蘇轍。態度親切誠懇，令人心悅誠服。文章巧於譬喻，說理形象，語言暢朗，雋永自然。

原文　曷嘗觀於富人之稼乎②？其田美而多，其食足而有餘。其田美而多，則可以更休③，而地力得全；其食足而有餘，則種之常不後時，而斂之常及其熟④。故富人之稼常美，少秕而多實⑤，久藏而不腐。今吾十口之家，而共百畝之田，寸寸而取之，日夜以望之，鋤耰銍艾⑥，相尋於其上者如魚鱗⑦，而地力竭矣；種之常不及時，而斂之常不待其熟，此豈能復有美稼哉？

古之人，其才非有以大過今之人也，平居所以自養，而不敢輕用以待其成者，閔閔焉如嬰兒之望長也⑧。弱者，養之以至於剛；虛者養之以至於充。三十

而後仕，五十而後爵⑨。信於久屈之中⑩，而用於至足之後；流於既溢之餘，而發於持滿之末⑪；此古之人所以大過人，而今之君子所以不及也。

吾少也有志於學，不幸而早得，與吾子同年⑫，吾子之得，亦不可謂不早也。吾今雖欲自以為不足，而眾已妄推之矣⑬。嗚呼！吾子其去此而務學也哉！博觀而約取，厚積而薄發⑭，吾告子止於此矣。子歸過京師而問焉，有曰轍子由者，吾弟也。其亦以是語之。

注釋　①張琥：字明，滁州全椒人。嘉祐三年（一〇五七），與蘇軾同科進士。②曷：可，何不。③更休：輪休，即輪作。④斂：聚集，收獲。⑤秕：穀粒不飽滿。⑥鋤耰銍艾：這裏名詞皆作動詞用。耰，古代農具名，形如榔頭，用以砸土塊，平整土地。銍，鐮刀。艾，通「刈」，收割。⑦相尋：連續不斷。⑧閔閔：擔憂的樣子。⑨爵：爵位。古代分公、侯、伯、子、男等。⑩信：通「伸」，施展。這裏有得志的意思。⑪持滿：拉弓成圓形。⑫同年：同一年中科舉，相互稱「同年」。宋仁宗嘉祐二年（公元一〇五七年），蘇軾與張琥一同考取進士。⑬妄推：過分地推舉、抬高。⑭薄：少。發：顯露，表現。

譯文　你可曾見過富人的莊稼嗎？他們的土地又多又好，他們的糧食充足。土地又好又多，就可以輪換耕作，并且能夠保全地力；糧食綽綽有餘，耕種就不誤農時，收割也常常能等到莊稼成

熟的時候。因此，富人的莊稼常常生長旺盛，顆粒飽滿，秕穀很少，長期儲藏也不會腐爛。現在我們有些十口之家，卻總共衹有一百畝土地。一寸一寸地榨取地力，日夜盼望早日長出糧食，鋤地、鬆土，間苗、收割，密密麻麻的莊稼像魚鱗一樣。一批接一批地在上面生長。這樣，很快就把地力榨盡了；加上不能及時播種，常常不等到作物成熟就搶着收割，這怎麼還能有好莊稼呢？

古代的人，他們的才能并沒有大大超過今人的地方，衹是他們平時不斷提高自我修養而不肯輕易表現，以便等品行學識有所成就，那種擔心憂慮的樣子，就像嬰兒盼望長大一樣。他們當中，性格懦弱的人，經過提高修養使其變得剛強；知識貧乏的人，經過提高修養變得充實。三十歲以後才出去做官，五十歲以後才能加官進爵。在長期不得志之後終於得到重用，施展才能；在準備充足後再發揮作用，就像一杯水滿了以後才會溢出，弓拉滿了以後才把箭射出去；這就是古人大大超過一般人的原因，也是現在的君子趕不上古人的原因。

我年輕的時候也下定決心要做學問，不幸很早就取得了功名，與您同年考中了進士，您取得功名，也不能說不早啊。雖然我現在總認爲自已學習得還不夠，可大家卻都過分地在贊許我了。唉！您一定要避免這種虛名，專心地做學問吧！在廣泛閱讀的基礎上，吸取精華，積累要盡量豐富，卻不要太多顯露。我告訴您的也就這些了。您回去路過京城的時候，順便去打聽一下，有一個名轍字子由的，他是我的弟弟，請您一定把這些話轉告他。

上梅直講書①

題解　宋仁宗嘉祐二年（一〇五七）的禮部貢舉考試，歐陽修任主考官，梅堯臣作參評官。蘇軾在此次考試中取得第二名。這封信即是蘇軾中進士之後，向梅堯臣對自己的提攜表示感謝，暢敘士遇知己之樂。

文章開頭嘆周公不遇，贊孔子得賢，說明相知者才是最大的快樂和滿足。接着敘寫對歐、梅二人由來已久的傾慕，進而寫自己突然受到當代名流的知遇，快慰之情，傾注筆端。最後標舉梅堯臣為人為文之道。文章重點讚揚梅堯臣，但并沒有直說，而是將梅堯臣才高位低、仕途失意的處境，與身處貧賤卻有賢才為徒的孔子作比，這樣既推崇了梅堯臣，又表明自己的心闊志遠。文中縱論古今，直抒胸臆，多用襯托對照之筆，寫來委婉巧妙，淋漓酣暢。

原文　軾每讀《詩》至《鴟鴞》②，讀《書》至《君奭》③，常竊悲周公之不遇④。及觀《史》，見孔子厄於陳、蔡之間⑤，而弦歌之聲不絕，顏淵、仲由之徒相與問答⑥。孔子曰：「『匪兕匪虎，率彼曠野』⑦，吾道非邪，吾何爲於此？」顏淵曰：「夫子之道至大，故天下莫能容。雖然，不容何病？不容然後見君子。」夫子油然而笑曰：「回，使爾多財，吾爲爾宰⑧。」夫天下雖不能容，而其徒自足以相樂如此。乃今知周公之富貴，有不如夫子之貧賤。夫以召公之賢，以管、蔡之親而不知其心⑨，則周公誰與樂其富貴？而夫子之所與共貧賤者，皆天下之賢才，則亦足與樂矣！

軾七八歲時，始知讀書，聞今天下有歐陽公者⑩，其爲人如古孟軻、韓愈之徒⑪；而又有梅公者，從之游，而與之上下其議論。其後益壯，始能讀其文詞，想見其爲人，意其飄然脱去世俗之樂，而自樂其樂也。方學爲對偶聲律之文，求斗升之祿，自度無以進見於諸公之間。來京師逾年，未嘗窺其門。今年春，天下之士，群至於禮部⑫，執事與歐陽公實親試之⑬。誠不自意，獲在第二。既而聞之，執事愛其文，以爲有孟軻之風；而歐陽公亦以其能不爲世俗之文也而取，是以在此。非左右爲之先容，非親舊爲之請屬⑭，而向之十余年間，聞其名而不得見者，一朝爲知己。退而思之，人不可以苟富貴，亦不可以徒貧賤。有大賢焉而爲其徒，則亦足恃矣。苟其僥一時之幸，從車騎數十人，使閭巷小民，聚觀而讚嘆之，亦何以易此樂也。《傳》曰：「不怨天，不尤人⑮。」蓋「優哉游哉，可以卒歲⑯。」執事名滿天下，而位不過五品。其容色溫然而不怒，其文章寬厚敦樸而無怨言，此必有所樂乎斯道也。軾願與聞焉。

注釋

①梅直講：即梅堯臣，字聖俞，北宋著名詩人。曾任國子監直講，官至尚書都官員外郎。②《鴟鴞》：《詩經·豳風》中篇名。據舊注，武庚煽亂管叔、蔡叔，以顛覆周室，周成王對周公東征其亂的行動不理解，公於是作此詩以明其志。③《君奭》：《尚書》中的篇名。奭，召公，名奭，食邑於召。爲周文王庶子，曾佐武王滅商。後與周公共同輔佐成王，而懷疑周公有野心，公乃作此篇以明志。④周公：姓姬，名旦，周武王之弟，食邑於周。曾輔佐武王滅商。武王死，成王幼，由他攝政。⑤陳、蔡：春秋時兩個國家名，其地分別在今河南省東部、南部，後均爲楚國所滅。孔子周游至蔡，楚王使聘孔子，陳、蔡大夫恐危及自身，便合謀發徒役，圍之於野，後得楚昭王發兵解圍。⑥顏淵：名回，字子淵。孔子的學生。仲由：字子路，孔子的學生。⑦匪兕匪虎，率彼曠野：見《詩經·小雅·何草不黄》篇。匪，通「非」。兕，古書上所說的雌犀牛。率，沿着。⑧宰：官名，總管内朝事務和財務。⑨管、蔡：管叔，名鮮，封於管；蔡叔，名度，封於蔡。二人皆爲周武王及周公之弟。⑩歐陽公：即歐陽修，字永叔，北宋著名文學家。⑪孟軻：孟子，名軻，戰國時思想家。韓愈：字退之，唐代著名文學家。⑫禮部：官署名。尚書省六部之一，掌學校、貢舉諸事。⑬執事：指在左右侍從的人，常見於舊時書信，用以代指對方，表示尊敬。⑭屬：通「囑」，托付。⑮不怨天，不尤人：見《論語·憲問》。尤，歸咎。⑯優哉游哉，可以卒歲：見《左傳·襄公二十一年》：「《詩》曰：『優哉游哉，聊以卒歲。』」優游，戲耍游逛，引申爲悠閑自得。

譯文 我每次讀到《詩經》的《鴟鴞》篇，《尚書》中的《君奭》篇時，總是暗暗地悲嘆周公沒有遇到知己。等後來讀了《史記》，看到孔子被圍困在陳國、蔡國之間，而彈琴唱歌的聲音沒有斷絕過；與顏淵、仲由等學生互相問答。孔子說：「『不是犀牛，不是老虎，卻要在曠野上奔波』，是我的主張不對嗎？我爲什麼落到這步田地呢？」顏淵說：「先生的理想極爲宏大，所以天下沒有人能夠接受。雖然這樣，沒人接受又有什麼可擔憂的呢？沒被接受，然後才顯出您是君子。」孔子溫和地笑着說：「顏回，如果你有很多財產，我就給你做管家。」雖然不能被天下人所容納，但他們卻能夠自我滿足，相處得那麼快樂。現在我才知道，周公的富貴實在還比不上孔子的貧賤。像召公這樣的賢人，管叔、蔡叔這樣的親近，卻不能了解周公的心思，那麼周公跟誰去分享那富貴的快樂呢？而跟孔子一同過着貧賤生活的人，卻都是天下的賢才，單憑這一點也就值得快樂了。

我七八歲的時候，才知道讀書。聽說如今天下有一位歐陽公，他的爲人就像古代的孟軻、韓愈一類人。還有一位梅公，跟隨歐陽公交游，并且和他共同議論文章。後來年紀大了，才能夠讀他們的文章詞賦，想見他們的爲人，體會先生們瀟灑地脫離世俗的所謂快樂，而陶醉在自已的快樂中。我當時正在學做詩賦，衹想求得一官半職，自己估量沒有什麼成就可以進見諸位先生。所以來到京城一年多，不曾登門求教。今年春天，天下的讀書人聚集在禮部，先生和歐陽公親自主持了考試。

我自已也沒有想到，竟得了第二名。後來聽說，先生喜歡我的文章，認爲有孟軻的風格，而歐陽公也因爲我能夠寫出不同於世俗的文章而予以錄取。因此我能取在第二名。不是您左右親近的人先替我疏通關節，也不是親戚朋友爲我請求囑托，從前十多年裏聽到名聲卻不能進見的人，一下子竟成爲知己。冷靜下來思考這件事，覺得人不能夠祇圖富貴，也不能夠安於貧賤，遇到大賢大德的人而能成爲他的學生，那也就很值得自負了！如果因爲這一時的僥幸，帶着成隊的車馬和幾十個隨從，顯赫的令裏巷的百姓圍着觀看并且贊嘆他，又怎麼抵得上這種快樂？《論語》上說：「不怨恨天，不責怪人。」「從容自得，可以一年一年地度過時光。」先生的名聲滿天下，但官位不過五品；先生的面色溫和而從不發怒；先生的文章寬厚質樸而沒有怨悱之詞。這一定是覺得在這種爲人爲文的方式中，能得到快樂。我願意與您一起，去了解和感受這種快樂啊。

答李端叔書①

題解 元豐二年（一〇七九），蘇軾因在詩文中攻擊新法，批評朝廷，被捕入獄。獲釋後，由湖州知州貶爲黃州團練副使。《答李端叔書》寫於作者被貶黃州的第二年（一〇八〇）。

這封信的主旨是謝辭李之儀的推譽，但作者卻在一再的申述中，敘寫了自己謫居後的複雜心境：有因口舌失官的無奈與無聊，有因獲罪而深自閉塞、放浪山水的超然自得，表現了作者在沈重的苦難中從執着走向超脫的思想歷程。文筆樸質，怨而不怒，親切自然，疏宕深渺，讀來有行雲流水之感。

原文

軾頓首再拜：聞足下名久矣。又於相識處往往見所作詩文。雖不多，亦足以彷彿其爲人矣。尋常不通書問，怠慢之罪，猶可闊略②。及足下斬然在疚③，亦不能以一字奉慰，舍弟子由至④，先蒙惠書，又復懶不卽答，頑鈍廢禮，一至於此。而足下終不棄絕，遞中再辱手書⑤，待遇益隆，覽之面熱汗下也。足下才高識明，不應輕許與人。得非用黃魯直、秦太虛輩語⑥，真以爲然耶？不肖爲人所憎⑦，而二子獨喜見譽，如人嗜昌歜、羊棗⑧，未易詰其所以然者。以二子爲妄則不可，遂欲以移之衆口，又大不可也。

軾少年時，讀書作文，專爲應舉而已。既及進士第⑨，貪得不已，又舉制策⑩，其實何所有？而其科號爲「直言極諫⑪」，故每紛然誦說古今，考論是非，以應其名耳。人苦不自知，既以此得，因以爲實能之，故譊譊至今⑫，坐此得罪幾死⑬。所謂「齊虜以口舌得官」⑭，真可笑也。然世人遂以軾爲欲立異同，則過矣。妄論利害，讒說得失，此正制科人習氣。譬之候蟲時鳥，自鳴自已，何足爲損益？軾每怪時人待軾過重，而足下又復稱說如此，愈非其實。

得罪以來，深自閉塞，扁舟草履，放浪山水間，與樵漁雜處，往往爲醉人所推罵，輒自喜漸不爲人識，平生親友，無一字見及，有書與之，亦不答，自幸庶幾免矣。足下又復創相推與，甚非所望。

木有癭⑮，石有暈，犀有通，以取妍於人，皆物之病也。謫居無事，默自觀省，回視三十年以來所爲，多其病者。足下所見皆故我，非今我也。無乃聞其聲不考其情，取其華而遺其實乎？抑將又有取於此也？此事非相見不能盡。自得罪後，不敢作文字。此書雖非文，然信筆書意，不覺累幅，亦不須示人，必喻此意。歲行盡，寒苦，惟萬萬節哀強食，不次⑯。

注釋

①李端叔：名之儀，姑熟（今安徽當塗）人，能詩善文。蘇軾知定州時，賞其才而辟爲屬官。②闊略：寬恕，寬容。③斬然：哀痛憂傷的樣子。在疚：居喪。《詩經·周頌·閔予小子》：「遭家不造，嬛嬛在疚。」④舍弟：舊時對人自稱其弟的卑辭。子由：蘇軾之弟蘇轍，字子由。⑤遞：驛車，指驛傳。⑥黃魯直：即黃庭堅，字魯直。秦太虛：秦觀，字少游，一字太虛。黃庭堅、秦觀與張耒、晁補之俱游於蘇軾門下，時稱「蘇門四學士」。⑦不肖：不賢，不才，自稱之謙辭。⑧昌歜：菖蒲根的腌制品。《呂氏春秋·遇合篇》：「文王嗜昌蒲菹。」羊棗：果名，長橢圓形，初生色黃，熟則黑，似羊矢，俗稱「羊矢棗」。《孟子·盡心下》：「曾皙嗜羊棗。」⑨及進士

第：蘇軾於嘉祐二年（一〇五七）試禮部及第。⑩制策：又稱制舉、制科。分設科目，由皇帝親自策問應舉之進士。蘇軾於嘉祐五年對制策，入三等。⑪直言極諫：制舉科目名，全稱爲「賢良方正直言極諫」，始舉於漢文帝前二年（前一七八）。唐宋時爲顯科。⑫譊譊：形容語聲紛然雜亂的樣子。⑬坐此得罪幾死：元豐二年（一〇七九），蘇軾知湖州，御史中丞李定等摘其詩文，誣其「譏切時事」，「愚弄朝廷」，遂下獄，這就是歷史上有名的「烏臺詩案」。坐，因事觸犯法律。⑭齊虜以口舌得官：見《史記·劉敬叔孫通列傳》。劉敬，本姓婁，齊人，漢高宜時爲隴西戍卒，因勸說劉邦定都秦地，拜爲郎中，號奉春君，賜姓劉。後奉使匈奴，還報不可出擊匈奴，上怒，罵曰：「齊虜以口舌得官，今乃妄言沮吾軍！」⑮癭：原爲頸瘤，這裏指木上隆起的結節。⑯不次：謙辭，指言之無序。次，次第，次序。

譯文

軾頓首再拜：我很早就聽說你的大名，我又經常在認識您的熟人之處看到你所寫的詩文。雖然我讀到的并不多，但憑借這些也可以大概了解您的爲人了。平常我不寫信向您表示問候，這種怠慢失禮的過錯還可以寬恕不計，而當您處在居喪痛苦中時，我也不能有一個字的安慰給您。舍弟子由來時，承蒙您先賜惠函，但我還是犯懶沒有回復，實在是禮數不周。但您始終不嫌弃我而斷絕往來，又勞您再次親自信詢問，對我恩澤愈加隆重。讀了您的信，我羞愧得臉發燒，汗直冒。您才氣高，見識廣，不會輕易贊許別人。莫非因爲黃魯直、秦少游他們那麼說了，您就真的認爲我這樣好嗎？我不才，受到別人的憎恨，而他們兩人偏偏喜歡稱贊我，就像有人喜歡吃昌蒲做成的腌菜，有人喜歡吃羊棗，卻無法追究他們爲什麼這樣的原因。憑着黃、秦兩位先生的推譽來妄加誇贊，就已經不妥了，竟要用這種推譽之言來改變衆人的評說，就更不妥了。

我年輕時讀書、寫文章，不過爲應舉罷了。考中進士以後，貪求得到更多而不想就此結束，又去應制舉對策，其實有什麼意義？而這制科的名目是「直言極諫」，所以常常評論是非，縱論古今，無非是爲了應付那名目而已。人苦於沒有自知之明，靠着這點本事滿足了願望以後，於是就自以爲確實具有這方面的才能。所以我議論不休地直到現在，就在這件事上犯法而獲罪，差一點死去。所謂「齊虜以口舌得官」的故事，眞令人好笑。然而世人竟認爲我要想在是非爭論中爲自己樹立名聲，那就錯了。胡亂地評說利害得失，這正是制科之人的習氣。好比應時而動的蟲鳥，自已要叫就叫，不叫就停，哪裏能對人們造成什麼損害和補益？我常常埋怨如今一些人對我過於看重，而您又一再這樣地稱贊我、評價我，就愈加不符合我的實際情況了。

獲罪以來，我便嚴重地與世隔絕了。我乘上小船，穿着草鞋，放浪於山水之間，與鄉野的樵夫漁民一起相處。雖然常被那些裝醉作痴的奸佞之人鄙弃、謾罵，但自已總是爲漸漸不被人所知而高興。平素的親友沒有一個字寄來給我，即使有信給他們也得不到回信，自已慶幸或許可以免去塵擾了。而您又重新來推崇我、稱贊我，與我所希望的極不相符。

樹上長有疙瘩，石塊上出現圈紋，犀角兩頭相通，以此來博取人們的贊美，而其實這都是樹、石、犀角的病態。我被貶以來無事可做，便深自反省，回顧這三十餘年以來的所作所爲，發現多屬於這樣的病態。您所看到的，都是過去的我，不是現在的我。豈不是光聽到的我的名聲而不考察我的實情，取了華麗的外表卻不顧內在的本質嗎？或是還要在這贊美中又有所得？這些事情，不見面無法說得清楚。獲罪以後，我不敢寫袛字片語，這封信雖然算不上什麼文章，可是信筆寫下這些想法，不知不覺已滿數頁，也不必給別人看，想來您一定能明白其中之意。一年將要過去，天氣冷得厲害，希望您千萬要節哀，并盡量多吃一些東西。就語無倫次地說到這裏。

方山子傳

題解 本文是一篇人物傳記。但作者打破一般傳記的常格，沒有詳細描述方山子的世系及生平行事。而是有選擇地記敘了方山子游俠和隱淪生活中的一兩個典型事例，卻生動地刻畫了一位懷才不遇、豪俠慷慨、不慕榮利而甘於隱遁的「一世豪士」形象，突出了「欲以此馳騁當世，然終不遇」這一主題，表現了作者政治上的失意心情。

文章以「俠」、「隱」二字為主線，采用倒敘、插敘等藝術方法，先寫方山子現在之「隱」，接着倒敘其當年之「俠」，將兩種截然相反的生活和性格集於一人之身，構思新巧，敘議結合，跌宕起伏。人物形象生動，性格鮮明，栩栩如生，流露出作者對方山子蔑視榮利的欽羨。

原文 方山子，光、黃間隱人也①。少時慕朱家、郭解爲人②，閭里之俠皆宗之③。稍壯，折節讀書④，欲以此馳騁當世，然終不遇。晚乃遁於光、黃間，曰岐亭⑤。庵居蔬食，不與世相聞。棄車馬，毀冠服，徒步往來山中，人莫識也。見其所著帽，方屋而高⑥，曰：「此豈古方山冠之遺像乎⑦？」因謂之方山子。

余謫居於黃，過岐亭⑧，適見焉。曰：「嗚呼！此吾故人陳慥季常也⑨，何爲而在此？」方山子亦矍然⑩，問余所以至此者，余告之故。俯而不答，仰而笑。呼余宿其家，環堵蕭然⑪，而妻子奴婢，皆有自得之意。余既聳然異之⑫。

獨念方山子少時，使酒好劍，用財如糞土。前十有九年⑬，余在岐山⑭，見方山子從兩騎，挾二矢，游西山。鵲起於前，使騎逐而射之，不獲。方山子怒馬獨出，一發得之。因與我馬上論用兵及古今成敗，自謂一世豪士。今幾日耳，精悍之色猶見於眉間，而豈山中之人哉？

然方山子世有勛閥⑮，當得官，使從事於其間，今已顯聞。而其家在洛陽，園宅壯麗與公侯等；河北有田，歲得帛千匹，亦足富樂。皆棄不取，獨來窮山中，此豈無得而然哉？

余聞光、黃間多异人，往往陽狂垢汙⑯。不可得而見，方山子儻見之歟？

注釋　①光、黃：二州名。光州（今河南潢川），黃州（今湖北黃岡），二州在宋時均屬淮南西路。②朱家、郭解：二者均爲西漢時著名的游俠。朱家，魯（今山東）人。以任俠得名，大量藏匿豪士及亡命之人。季布被劉邦追捕，他通過夏侯嬰向劉邦進言，得以赦免，以助人之急而聞名於關東。郭解，字翁伯，河內軹（今河南濟源）人。爲人以德報怨，救人性命而不誇功。漢武帝時因殺人而亡命太原，後被捕殺。見《史記·游俠列傳》。③閭里：鄉里。《周禮·天官·小宰》：「聽閭里以版圖。」④折節：強自克制，改變以往的志向、行爲。《後漢書·段熲傳》載：「熲少便習弓馬，尙游俠，輕財賄，長乃折節好古學。」⑤岐亭：宋時小鎮，位於今湖北麻城西南。⑥方屋：即指方形的帽頂。屋，泛指覆蓋之物，這裏指帽頂。⑦方山冠：古冠名。漢代祭宗廟時樂舞人所戴之冠，唐宋時多爲隱者戴之。《後漢書·輿服志》：「方山冠似進賢（古冠名），以五采縠爲之。」⑧「余謫居於黃」二句：蘇軾《岐亭》詩叙稱：「元豐三年正月，余始謫黃州，至岐亭北二十五里，山上有白馬青蓋來迎者，則余故人陳慥季常也。爲留五日，賦詩一篇而去。」⑨陳慥：生卒年不詳，字季常，自稱龍丘先生，眉州青神（今四川省眉山市青神縣）人。少嗜酒好劍，用財如糞土。其父陳希亮，與蘇洵父子均有交往。洪邁《容齋三筆》載：「陳慥字季常，公弼之子，居於黃州之岐亭，自稱龍丘先生，又曰方山子。好賓客，喜畜聲妓。……」⑩矍然：舉目驚視的樣子。⑪環堵蕭然：形容室中空無所有，比喻生活極爲貧困。晋陶潜《五柳先生傳》：「環堵蕭然，不蔽風日。」堵，牆。⑫聳然：詫异的樣子。⑬前十有九年：指宋仁宗嘉祐七年（一〇六二），陳慥之父陳希亮知鳳翔府（今陝西鳳翔）。蘇軾時任府判官，與陳慥相交。⑭岐山：在今陝西省鳳翔境內。⑮世有勛閥：世代有功勛。謂陳慥世代有功勛，應該得官，而他如果做官的話，現已經名聲顯著了。蘇軾《陳公弼傳》：「當蔭補於子弟，輒先其族人，卒不及其子慥。」⑯陽：通「佯」，假裝。

譯文　方山子，是光州、黃州一帶的隱士。他年輕時仰慕漢代游俠朱家、郭解的品格和俠義行爲，鄉裏的那些游俠之士都很尊崇他，并以他爲榜樣。年歲稍長，方山子改變了志向，立志去讀書，想以此有所作爲，馳名當代。但始終沒有成功。晚年便隱居在光州、黃州一帶，一個名叫岐亭的地方。住茅屋，吃粗茶淡飯，平日不與世俗之士來往，也不過問世俗之事。他放弃坐車騎馬，毀掉以前待客應酬時穿的禮服。徒步來往於山裏，山野鄉裏的人都不認識他。人們經常見他戴着一頂奇怪的帽子，帽子頂部四四方方，高高地聳起，就議論說：「這不就是古代舉行祭祀大典時樂師戴的那種方山冠嗎？」因而都稱他爲方山子。

我因貶官到黃州，有一次路過岐亭，正巧碰見了他。不禁感到很意外，連忙問道：「哎呀！這是我的老朋友陳季常啊，你怎麼會住在這裏呢？」方山子也驚奇地望着我，問我怎麼會到這裏。我把原因告訴了他。他開始低頭不語，繼而仰天大笑。邀請我到他家住到幾天，來到他家一看，屋裏空空蕩蕩，四壁蕭條，可他的妻子和奴僕都顯出怡然自樂的神情。我不由內心大爲震動，感到十分驚异。

後來，我反復思量：方山子年輕的時候，喝酒任性，喜愛舞劍，揮金如土。十九年前，我在鳳翔府任判官時，第一次在岐山附近見到方山子，帶着兩名騎馬的隨從，各人手上都拿着弓箭，在西山游獵。突然，前方有一祇喜鵲從馬前的草叢中飛起，他便叫隨從追趕射鵲，沒有射中。他便獨自拉緊繮繩，躍馬向前，一箭射中飛鵲。事後，借着射鵲的話題，他就在馬上與我談論起用兵之道及古今成敗之事，自認是一代豪杰。到現在才多少天啊，那精明強悍的神色，還顯露在他的眉宇之間。這樣的人難道應是隱居山林之中終老一生的人呢？

方山子出身於世代功勛之家，如果他有機會承襲父業出任官職，讓他在朝廷中負責處理有關國計民生的大事，現在已經顯赫有名了。他老家在洛陽，園林宅捨雄偉富麗，規模可與公侯之家相比；在河北地方還有許多田產，每年可有上千匹的絲帛收入，也完全可以使生活富裕安樂了。他對這些全都捨弃不取，偏偏獨自來到深山窮谷裏，這難道能說方山子是因爲無法得到安適的生活才被迫這樣做的嗎？

我聽說在光州、黄州一帶有很多奇人异士，他們常常假裝癲狂而把自已弄得蓬頭垢面，又臟又臭，讓人無法識別他們，與他們接近。方山子或許看見過他們吧？

日喻

題解 這是一篇哲理性的雜文。文章主旨是探討「道」與「學」之間的關係，提出「道可致而不可求」的觀點。作者用「盲人識日」和「北人學沒」兩個比喻，從正反兩方面恰當而巧妙地說明求道必先務學，祇有通過學習，有了長期的知識積纍和反復的實踐經驗，才能進入道的境界。全篇論述層層深入，脉絡清楚，巧譬設喻，深入淺出，結構緊湊而又富於變化，把抽象的道理講得淺明易懂，入木三分，啟發人們去思考。

原文 生而眇者不識日①，問之有目者。或告之曰：「日之狀如銅盤。」扣盤而得其聲。他日聞鐘，以爲日也。或告之曰：「日之光如燭。」捫燭而得其形②。他日揣籥③，以爲日也。

日之與鐘、籥亦遠矣，而眇者不知其异，以其未嘗見而求之人也。道之難見也甚於日，而人之未達也無异於眇。達者告之，雖有巧譬善導④，亦無以過於盤與燭也。自盤而之鐘，自鐘而之籥，轉而相之⑤，豈有旣乎？故世之言道者，或卽其所見而名之，或莫之見而意之，皆求道之過也。然則道卒不可求歟？蘇子曰：「道可致而不可求。」

何謂「致」？孫武曰⑥：「善戰者致人，不致於人⑦。」子夏曰⑧：「百工居肆以成其事，君子學以致其道⑨。」莫之求而自至，斯以爲「致」也歟？

南方多沒人⑩，日與水居也。七歲而能涉，十歲而能浮，十五而能沒矣。夫沒者豈苟然哉⑪？必將有得於水之道者。日與水居，則十五而得其道；生不識水，則雖壯，見舟而畏之。故北方之勇者，問於沒人而求其所以沒，以其言試之河，未有不溺者也。故凡不學而務求道，皆北方之學沒者也。

昔者以聲律取士⑫，士雜學而不志於道⑬；今也以經術取士⑭，士知求道而不務學。渤海吳君彥律⑮，有志於學者也，方求舉於禮部，作《日喻》以告之。

注釋 ①眇：盲。原指一隻眼睛失明，後也指雙目失明。②捫：摸。③揣：摸。龠：古代樂器，形狀如笛管。④導：開導。⑤相：相互。⑥孫武：春秋時齊國軍事家，著有《孫子兵法》十三篇。⑦善戰者致人，不致於人：引文見《孫子·虛實篇》。⑧子夏（公元前五〇七—前四〇〇）：姓卜，名商，春秋時衛國人，孔子弟子，以長於文學聞名。⑨「百工」二句：見《論語·子張》。肆，手工作坊。⑩沒人：善於游泳的人。⑪苟然：隨便，漫不經心的樣子。⑫聲律：詩賦。因爲詩賦要講究聲律對偶，所以稱詩賦爲聲律。宋代宋神宗熙寧四年（公元一〇七一）之前，沿襲隋唐舊制，以詩賦作爲科舉考試的主要科目。⑬雜學：儒家經典以外的史傳、諸子、詩賦等學科。因爲當時考試範圍比較廣泛，所以所學內容繁雜。⑭經術：對儒家經典著作的研究。熙寧四年（一〇七一）二月，根據王安石的建議，正式宣布罷明經及諸科進士詩賦。⑮渤海：唐代郡名，宋代屬河北路濱州，治所在今山東惠民。吳彥律：名琯，字彥律，蘇軾知徐州時，曾爲監酒正字。

譯文 有一個生來就失明的人不知道太陽是什麼樣子，便去詢問眼睛好的人。有人告訴他說：「太陽的形狀像一祇銅盤。」盲人敲擊銅盤聽到它的聲音。有一天，盲人聽到鐘聲，以爲那就是太陽。又有人告訴他說：「太陽的光芒像蠟燭發光。」他摸摸蠟燭知道了它的形狀。有一天他摸到一祇短笛，以爲那就是太陽。

太陽與鐘、短笛差得很遠，而盲人卻不了解它們有什麼不同，這是因爲他從來沒有親眼見過，祇是向別人打聽來的。眞理比太陽更難看到，而人們沒有達到它的境界，與盲人不知道太陽沒有什麼不同。達到境界的人指點他，雖然有巧妙的比喻和高明的引導，也并不比銅盤與蠟燭的比喻更形象。從銅盤到鐘，從蠟燭到短笛，這樣輾轉形容下去，難道有完嗎？因此，世上那些談論眞理的人，有的是就其看到的來解釋它，有的是沒有見到而主觀猜想它，這兩者都是尋求眞理的偏差。然而眞理終究是無法尋求的嗎？蘇子說：「眞理可以自然地達到，卻不能強求。」

什麼叫自然地達到？孫武說：「善於用兵的人能調動敵人，而不受敵人的牽制。」子夏也說：「各行各業的工匠祇有在作坊裏才能完成他們的工作，讀書人祇有堅持不懈地學習，才能掌握眞理。」

不去強求而自然達到，這就是致的意思吧！

南方有許多會潛水的人，天天和水打交道。他們七歲就能涉水過河，十歲就會游泳，到十五歲就會潛水了。那些會潛水的人難道是隨便學會潛水的嗎？他們一定是掌握了水性的。天天與水打交道，十五歲就可以熟悉水性；生來沒有見過水的人，即使過了三十歲，一見船到也會害怕。所以，北方的勇士向會潛水的人請教潛水的方法，照着他的話到河裏去試着游水，沒有一個不沉沒的。所以，凡是不努力學習卻一心追求眞理的人，其實都象北方人學潛水一樣。

從前以詩賦考試錄取士人，所以士人學習內容很雜亂，對儒家學說并不用心；現在用儒家經典考試錄取士人，所以士人衹知道研究儒家學說，卻不努力學習多方面的知識。渤海人吳彥律君，是一個用心學習的人，正準備參加禮部主持的考試，我便寫了這篇《日喻》以勉勵他。

潮州韓文公廟碑①

題解 這是一篇情文并茂的碑文。作者熱情讚揚了韓愈的道德文章及其在潮州刺史任內興起儒學，影響世風的歷史功績。

文章起筆不凡，以「匹夫而為百世師，一言而為天下法」領起，討論一代傑出人物在歷史上的巨大作用，氣勢充沛。接着以精練的筆墨高度概括了韓愈一生的大節，表彰他在政治上的不屈不撓，敢於鬥爭和堅守儒家信仰、抵制异端學說的功績。同時也寄託了作者自己的身世之慨。文章內容豐富，詞采華美，遒勁雄渾，不同凡響，被譽為碑文中的姣姣者。宋人洪邁評曰：「劉夢得、李習之、皇甫持正、李漢，皆稱誦韓公之文，各極其勢。……及東坡之碑一出，而後衆說盡廢。」（《容齋隨筆》卷八）

原文 匹夫而爲百世師②，一言而爲天下法③，是皆有以參天地之化④，關盛衰之運。其生也有自來，其逝也有所爲。故申、呂自嶽降⑤，傅說爲列星⑥，古今所傳，不可誣也。孟子曰：「我善養吾浩然之氣⑦。」是氣也，寓於尋常之中，而塞乎天地之間。卒然遇之⑧，則王公失其貴，晉、楚失其富⑨，良、平失其智⑩，賁、育失其勇⑪，儀、秦失其辨⑫。是孰使之然哉？其必有不依形而立，不恃力而行，不待生而存，不隨死而亡者矣。故在天爲星辰，在地爲河嶽，幽則爲鬼神，而明則復爲人。此理之常，無足怪者。

自東漢以來，道喪文弊⑬，异端并起⑭。歷唐貞觀、開元之盛⑮，輔以房、杜、姚、宋而不能救⑯。獨韓文公起布衣，談笑而麾之⑰，天下靡然從公⑱，復歸於正，蓋三百年於此矣。文起八代之衰⑲，而道濟天下之溺⑳，忠犯人主之怒㉑，而勇奪三軍之帥㉒。此豈非參天地、關盛衰，浩然而獨存者乎？

蓋嘗論天人之辨，以謂人無所不至，惟天不容僞。智可以欺王公，不可以欺豚魚㉓；力可以得天下，不可以得匹夫匹婦之心。故公之精誠，能開衡山之雲㉔，而不能回憲宗之惑㉕；能馴鰐魚之暴㉖，而不能弭皇甫鎛、李逢吉之謗㉗；能信於南海之民㉘，廟食百世㉙，而不能使其身一日安於朝廷之上。蓋公之所能者天也，其所不能者人也。

始潮人未知學，公命進士趙德爲之師，自是潮之士，皆篤於文行㉚，延及齊民，至於今，號稱易治。信乎孔子之言：「君子學道則愛人，小人學道則易使也㉛。」潮人之事公也，飲食必祭，水旱疾疫，凡有求必禱焉。而廟在刺史公堂之後㉜，民以出入爲艱。前太守欲請諸朝作新廟㉝，不果。元祐五年㉞，朝散郎王君滌來守是邦㉟。凡所以養士治民者，一以公爲師。民既悅服，則出令曰：「願新公廟者，聽。」民歡趨之，卜地於州城之南七里㊱，期年而廟成㊲。或曰：「公去國萬里而謫於潮，不能一歲而歸㊳，沒而有知㊴，其不眷戀於潮也，審矣㊵！」軾曰：「不然。公之神在天下者，如水之在地中，無所往而不在也。而潮人獨信之深，思之至，焄蒿悽愴㊶，若或見之。譬如鑿井得泉，而曰水專在是，豈理也哉！」元豐七年㊷，詔封公昌黎伯㊸，故榜曰：「昌黎伯韓文公之廟。」潮人請書其事於石，因作詩以遺之，使歌以祀公。其辭曰：

公昔騎龍白雲鄉，手抉雲漢分天章㊹，天孫爲織雲錦裳㊺。飄然乘風來帝旁，下與濁世掃秕糠㊻。西游咸池略扶桑㊼，草木衣被昭回光㊽。追逐李杜參翱翔㊾，汗流籍湜走且僵㊿，滅沒倒影不可望。作書詆佛譏君王，要觀南海窺衡湘，歷舜九嶷吊英皇[51]。祝融先驅海若藏[52]，約束蛟鰐如驅羊。鈞天無人帝悲傷[53]，謳吟下招遣巫陽[54]。犦牲雞卜羞我觴[55]，於粲荔丹與蕉黃[56]。公不少留我涕滂，翩然被髮下大荒。

注釋

①潮州：今廣東潮安。韓文公：即韓愈，唐代著名文學家、哲學家。字退之，河南河陽（今河南孟縣）人。謚號爲文，世稱韓文公。韓愈因諫唐憲宗迎佛骨事被貶爲潮州刺史。②「匹夫」句：見《孟子·盡心下》：「聖人，百世之師也。」百世師，這裏以聖人比韓愈。③「一言」句：見《禮記·中庸》：「是故君子動而世爲天下道，行而世爲天下法，言而世爲天下則。」天下法，天下的法則。④參天地之化：《禮記·中庸》：「可以贊天地之化育，則可以與天地參矣。」化，化育。⑤申、呂：即申伯、呂侯，周宣王時大臣。申伯，周宣王時功臣。呂侯，輔佐周穆王有功。《詩經·大雅·崧高》：「維嶽降神，生甫及申。維申及甫，維周及翰，四國於蕃，四方於宣。」嶽，指高大的山。傳說二人乃高山之神降生凡間。⑥傅說：商王武丁的宰相，傳說他得天道，死後陞天，與衆星幷列。《莊子·大宗師》記載，傳說「相武丁，奄有天下，乘東維，騎箕尾，而比於

列星。」東維，在箕、斗兩星座之間，銀河之東。箕、尾：二星宿名。比，并。⑦「我善」句：語出《孟子·公孫丑上》。浩然之氣，指内心積善所形成的剛正之氣。⑧卒：通「猝」，突然。⑨晉、楚：指春秋時兩個大國，一度是當時最富强的國家。晉文公、楚莊王時達到鼎盛。《孟子·公孫丑下》：「曾子曰：『晉、楚之富，不可及也。』」⑩良、平：指西漢開國功臣張良和陳平，劉邦的重要謀士。二人皆以足智多謀著稱。⑪賁、育：指孟賁、夏育，二人都是戰國時著名勇士。⑫儀、秦：指張儀、蘇秦，戰國時周游列國，辯材無礙的縱横家。⑬道：指儒家的思想學説。⑭异端：儒家將道家、墨家等不同學派斥爲异端，這裏指漢魏以來興盛的黄老之學和佛教。⑮貞觀：唐太宗李世民的年號（六二七—六四九）。開元：唐玄宗李隆基年號（七一三—七四一）。貞觀、開元是唐朝的兩個興盛時期，歷史上號稱「治平盛世」。⑯房、杜：指房玄齡、杜如晦，唐太宗時的賢相。姚、宋：指姚崇、宋璟，唐玄宗前期的名相。⑰麾：指揮，號召。⑱靡然：傾倒的樣子。⑲八代：指東漢、魏、晉、宋、齊、梁、陳、隋八個朝代。此時駢文盛行，文風衰敗。⑳濟：拯救。㉑忠犯人主之怒：據《新唐書·韓愈傳》載，唐憲宗派使者往鳳翔迎佛骨入宫，韓愈上表進諫，言詞激切，觸怒憲宗，幾被處死。幸裴度、崔群等營救，貶爲潮州刺史。㉒勇奪三軍之帥：語出《論語·子罕》：「三軍可奪帥，匹夫不可奪志也。」《新唐書·韓愈傳》載，唐穆宗時，鎮州（治所在今河北正定）叛亂，節度使田弘正被殺，另立王廷湊。韓愈奉命前去宣撫。人們都擔心有被殺的危險，但韓愈祇用一次談話便説服了叛亂的將士。回京後穆宗大爲高興，轉韓愈爲吏部侍郎。㉓豚魚：泛指小動物。豚，小豬。㉔衡山：五嶽中的南嶽，在今湖南衡山。㉕而不能回憲宗之惑：指韓愈諫迎佛骨，唐憲宗不聽一事。㉖能馴鰐魚之暴：《新唐書·韓愈傳》載，韓愈守潮州時，聽説當地有鰐魚危害百姓，便作《祭鰐魚文》，命令鰐魚遷走。據説「……數日水盡涸，西徙六十里。自是潮無鰐魚患。」㉗弭：消除。皇甫鎛：唐憲宗時的宰相。韓愈貶潮州刺史後，上表謝罪。憲宗欲重用韓愈，遭到宰相皇甫鎛的中傷阻止，於是改韓愈爲袁州刺史。李逢吉：唐穆宗時宰相，曾借故罷免韓愈兵部侍郎之職。事見《新唐書·韓愈傳》。㉘南海：郡名，即潮州。因爲潮州臨南海，所以借南海指潮州。㉙廟食：死後享受後世的立廟祭祀。㉚篤：忠實。㉛「君子」二句：出自《論語·陽貨》。君子，指士大夫。小人，指老百姓。㉜刺史：唐代州的最高行政長官。㉝太守：唐時的刺史，相當於漢時的太守。這裏沿用舊名。㉞元祐五年：公元一〇九〇年。元祐，宋哲宗趙煦年號（一〇八六—一〇九四）。㉟朝散郎：文官名，官階爲從七品，無定職。王君滌：即王滌，生平不詳。君，尊稱。㊱卜地：占卜吉日選擇地址。㊲期年：一周年。㊳不能一歲：不滿一歲。韓愈於唐憲宗元和十四年（公元八一九年）正月貶潮州刺史，同年十月改袁州刺史，在潮州才七個月。㊴沒：通「歿」，死亡。㊵審：明白。㊶焄蒿凄愴：祭祀時引起悲傷的情感。焄，這裏指祭物的香氣。蒿，香氣蒸發上昇的樣子。《禮記·祭義》：「焄蒿凄愴，此百物之精也，神之著也。」㊷元豐七年：即公元一〇八四年。元豐，宋神宗趙頊年號（一〇七八—一〇八五）。㊸昌黎伯：韓愈原籍河陽（今河南孟縣），因北朝時韓姓是昌黎郡（今遼寧義縣）的望族，所以自稱郡望。也因此封爲昌黎伯。㊹抉：用手撥開。雲漢：天漢，銀河。章：文彩。㊺天孫：星名，即織女星。傳說織女是天帝的孫女。㊻秕糠：穀不熟爲秕，穀皮曰糠，這裏借指异端學說。㊼「西游」句：見屈原《離騷》：「飲傷痛於咸池兮，總餘轡於扶桑」。咸池，古代神話中太陽沐浴的地方。略，到。扶桑，古代神話中的樹木名，日落的地方。㊽衣被：穿衣蓋被，這裏指蒙受。㊾李杜：即唐朝著名詩人李白、杜甫。㊿籍、湜：即張籍、皇甫湜，是當時韓愈倡導的古文運動的追隨者。(51)九嶷：即九嶷山，在今湖南寧遠，傳說舜南巡時死，葬於此地。英皇：舜之二妃娥皇、女英，相傳跟從舜帝南巡，死於江、湘。(52)祝融：古代傳說中的火神。海若：古代傳說中的海神。(53)鈞天：指天的中央。《呂氏春秋・有始》：「中央曰鈞天。」(54)巫陽：古代神巫名。(55)犪牲：牦牛，祭神供品。鷄卜：以鷄骨占卜。(56)於粲：形容色彩鮮明。

譯文

一個普通人卻成爲百世的師表，一句話卻成爲天下人效法的準則，這是因爲他們的品格可以與天地化育萬物相提并論，關係到國家命運的盛衰。他們的降生是有來歷的，他們的逝去也是有原因的。所以，申伯、呂侯是山神降世，傅說死後昇天，與衆星并列。從古到今的傳說，不可能都是捏造的啊。孟子說：「我善於涵養我的浩然正氣。」這種氣，存在於普通事物中，而充塞於天地之間。突然遇到它，那麼，王公貴族會失去他們的尊貴，晉國、楚國會失去它們的富庶，張良、陳平就會失去他們的智謀，孟賁、夏育就會失去他們的勇敢，張儀、蘇秦就會失去他們的辯才。是誰使它這樣呢？其中一定有不依附形體而獨立，不依靠外力而能運行，不依賴生命而存在，不隨着死亡而消失的東西。所以有這種氣的人，在天上就成爲星宿，在地下就化爲河川山岳；在陰間就成爲鬼神，在陽世便又化爲人。這是很平常的道理，沒有什麼可奇怪的。

自東漢以來，儒道衰頹，文風敗壞，各種异端學說相繼興起。雖然經過唐代貞觀、開元的盛世，有房玄齡、杜如晦、姚崇、宋璟等名臣輔佐，仍然不能挽救。祇有韓文公從平民百姓中成長起來，談笑中指揮古文運動，天下知識分子紛紛響應，這才使道德文章歸復到正道，到現在大約有三百年了。他的文章挽回了連續八個朝代的衰頹，他提倡的儒家學說，拯救了沉迷於异端學說中的人們，他的忠誠曾觸犯了皇帝，他的勇氣折服了三軍的統帥。這難道不是與天地并立、關係到國家盛衰而獨立存在的浩然正氣嗎？

有人曾經論述過「天」和「人」的關係，認爲人沒有什麼事做不出來，祇是天不容許虛僞。人的智謀可以欺騙王侯公卿，卻不能欺騙小豬和魚；人的力量可以奪取天下，卻不能取得普通老百姓的民心。所以韓文公的真心誠意，能夠驅散衡山的陰雲，卻不能扭轉憲宗皇帝佞佛的執迷不悟；能夠馴服鰐魚的凶暴，卻不能夠消除皇甫鎛和李逢吉的誹謗；能夠取得潮州老百姓的信任，享受百代的祭祀，卻不能使自身有一天安居在朝廷之上。因爲韓公能夠遵從的是天道，他不能做到的是人事。

起初潮州人不知道學習儒道，韓文公讓進士趙德做他們的老師，從此潮州的讀書人，都專心於學問的研究和品行的修養，并影響到普通百姓。直到今天，潮州還被稱爲容易治理的地方。正如孔子所説的：「做官的學了儒家學説，就有仁愛的心腸；老百姓學儒家學説，就容易治理。」潮州人敬奉韓文公，哪怕一飲一食，必定拿去祭祀；遇到水災、旱荒、疾病、瘟疫，凡是有求助於神靈的事，必定到祠廟裏去祈禱。可是韓文公廟建在州官衙門大堂的後面，百姓覺得進出不方便。前任刺史想請求朝廷重新修建一座新廟，沒有成功。元祐五年，朝散郎王滌先生來做潮州知州，凡是用來培養士子，治理百姓的措施，都效法韓文公。百姓心悦誠服後，他便下令説：「願意重新修建韓文公祠廟的人，就來聽從命令。」老百姓高高興興地去參加建廟，在距離潮州城南七里處選了塊好地方，衹一年新廟就建成了。有人説：「韓文公離開京都萬裏，貶官到潮州，不到一年便回去了，如果他死後有知的話，也不會深切懷念潮州的，這是很明顯的。」我説：「不是這樣！韓公的神靈遍及天下，好像水在土地中一樣，沒有什麼地方不流去，沒有哪個地方不存在。衹有潮州人深切地信仰他，無限地懷念他，每當祭祀時，香霧繚繞，人們的感情眞摯悲愴，就像見到了韓文公一樣。譬如挖井得到了水，就説水衹在這個地方有，難道有這樣的道理嗎？」

元豐七年，皇帝下詔書封韓公爲昌黎伯，所以祠廟的匾額上寫着「昌黎伯韓文公之廟。」潮州人請我書寫他的事迹并刻在石碑上，我於是寫了一首詩送給他們，讓他們吟唱着這首詩祭奠韓公，詩是這樣的：

從前，韓文公騎龍遨游在仙鄉，親手在銀河中選取天上的雲彩，織女爲您編織雲錦般的衣裳。您飄然隨風來到皇帝的身旁，爲混亂的俗世掃除邪説异端。您西游咸池，東到扶桑，文章道德輝映一代，草木都披上了您的燦爛光芒。您追隨李白、杜甫，與他們一起翱翔，汗流浹背的張籍、皇甫湜追趕得昏倒在地，連您的影兒也無法仰望。您上書痛斥佛教，諷諫君王，被貶到到潮州，途中游覽了南海和衡山、湘水，經過九嶷山拜謁舜墓，憑吊娥皇、女英。到了潮州，祝融爲您開路，海若率衆躲藏，您馴服蛟龍、鰐魚，好像驅趕羊群。天庭缺少人材，天帝感到悲傷，派巫陽唱着歌到下界招您的英魂上天。潮州百姓殺牛宰鷄，敬獻美酒，請您品嘗紅色的荔枝和黃色的香蕉。您不能長留人世，使我們淚下如雨，祈望您快快降臨大地，品嘗祭品。

韓干畫馬贊①

題解 這篇散體韻文，是作者爲韓干所畫駿馬所寫的贊語。文章起筆以洗煉的筆觸描繪了四匹馬的不同姿態、神情，形象逼真，栩栩如生。接着由這些神態各异的馬展開聯想，推測馬的性質，這是一種野性尚未脱盡的瀟灑脱俗的廄馬。最後用賢大夫、貴公子比喻馬，不僅使馬顯得更加氣度非凡，而且突出一種超然物外、與世無爭的生活情趣，顯示作者對這種生活的追求。

文章由馬及人，以人比馬，既寫出馬的瀟灑自得，又寫出了人的清高閑雅，用筆簡煉而想象奇特。全文散中有韻，旨趣高遠，讀來耐人回味。

原文 韓干之馬四①：其一在陸，驤首奮鬣②，若有所望，頓足而長鳴；其一欲涉，尻高首下③，擇所由濟④，跼蹐而未成⑤；其二在水，前者反顧，若以鼻語，後者不應，欲飲而留行。

以爲廄馬也⑥，則前無羈絡⑦，後無箠策⑧；以爲野馬也，則隅目聳耳⑨，豐臆細尾，皆中度程⑩。蕭然如賢大夫、貴公子，相與解帶脫帽，臨水而濯纓⑪。遂欲高舉遠引，友麋鹿而終天年，則不可得矣；蓋優哉游哉，聊以卒歲而無營⑫。

注釋 ①韓干：京光（今陝西西安）人，唐代著名畫家，以善畫馬著稱。②驤：頭高昂起來。鬣：馬、獅子等頸上的長毛。③尻：屁股。《漢書·東方朔傳》：「尻益高。」④濟：渡河。⑤跼蹐：小步徘徊，這裏指馬試探水深淺的樣子。⑥廄：馬棚，泛指牲口棚。⑦羈絡：馬籠頭。⑧箠策：馬鞭。⑨隅目：眼有棱角，這是良馬的特徵。⑩度程：尺寸，標準。⑪濯纓：洗濯冠纓。《孟子·離婁上》引孺子歌曰：「滄浪之水清兮，可以濯我纓；滄浪之水濁兮，可以濯我足。」後以「濯纓」比喻超脫世俗，操守高潔。⑫營：營求。

譯文 韓干畫有四匹神態各异的馬：一匹在陸地上，昂着頭，揚起鬃毛，好像在向遠方瞭望什麼，一邊不停地踏着一隻蹄子，發出蕭蕭長鳴；一匹正想過河，屁股高高撅起，腦袋低向水面，好像正在選擇要從哪裏渡過，踏着碎步試探水的深淺，猶猶豫豫還沒選擇好。另外兩匹在水中，前面的一匹正扭頭往後看，鼻孔忽閃忽閃，像是在說什麼話，後面的一匹并不答理，想要喝水而停留下來。

說它們是人工飼養的馬，可是它們前面沒有繮繩絡頭，後邊也沒有配備馬鞭；如果把它們看成是野馬，卻又雙目棱角分明，雙耳高聳，豐滿的胸脯，細長的尾巴，全身都合乎良馬的標準。它們那種瀟灑自得的樣子，就像品德高尚的士大夫和貴公子，一起解開衣帶，脫下帽子，去水邊洗滌被污染的帽纓。至於要想遠走高飛，同麋鹿爲友，在山林中度過自已的一生，那是不可能了，大概衹能優哉游哉，不去費心經營地度過這一輩子。

前赤壁賦

題解 宋神宗元豐三年（一〇八〇），蘇軾因「烏臺詩案」被貶黃州。在此期間，蘇軾曾兩次泛游赤壁，寫下了著名的《前赤壁賦》《前赤壁賦》，真實地記錄了他當時生活的片斷，表達了他複雜、矛盾的心情。

《前赤壁賦》以泛游赤壁爲線索，起筆記游寫景，展現了赤壁秋夜由清風、明月交織而成的奇妙美景，以及禦風「登僊」的超然之樂。接着由嗚咽的簫聲引出歷史與亡之感，情緒由樂轉悲。面對無邊的長江和長久的明月，古代英雄與主客落拓同樣渺小，由羽化登僊的歡樂，跌入現實人生的苦悶。最後，以蘇子的回答，闡明天地的永恒，以及萬物與人生「變」與「不變」的辯證關係。由此丢開愁懷，主客共同在「江上之清風」和「山間之明月」中得到解脱。

該賦以記事寫景切入，接以懷古抒情，以言理為旨歸，探討時空與人生，景、情、理融彙貫通，縱横六合，通達古今。語言駢偶相間，聲韻和諧優美，行文舒卷自如，充滿詩情畫意和至理奇趣，意境美妙幽邃，體現出蘇文横溢的才情。

原文

壬戌之秋①，七月既望②，蘇子與客泛舟游於赤壁之下③。清風徐來，水波不興。舉酒屬客④，誦明月之詩、歌窈窕之章⑤。少焉，月出於東山之上，徘徊於斗牛之間⑥。白露横江，水光接天。縱一葦之所如⑦，凌萬頃之茫然。浩浩乎如馮虚御風⑧，而不知其所止；飄飄乎如遺世獨立，羽化而登仙⑨。

於是飲酒樂甚，扣舷而歌之。歌曰：「桂棹兮蘭槳⑩，擊空明兮泝流光⑪；渺渺兮予懷，望美人兮天一方⑫！」客有吹洞簫者，倚歌而和之⑬。其聲嗚嗚然，如怨如慕，如泣如訴，餘音嫋嫋，不絶如縷，舞幽壑之潛蛟，泣孤舟之嫠婦⑭。

蘇子愀然，正襟危坐，而問客曰：「何爲其然也？」

客曰：「『月明星稀，烏鵲南飛⑮』，此非曹孟德之詩乎？西望夏口⑯，東望武昌⑰，山川相繆⑱，鬱乎蒼蒼，此非孟德之困於周郎者乎⑲？方其破荆州，下江陵，順流而東也，舳艫千里，旌旗蔽空，釃酒臨江，横槊賦詩，固一世之雄也，而今安在哉⑳！況吾與子漁樵於江渚之上，侶魚蝦而友麋鹿，駕一葉之扁舟，舉匏樽以相屬㉑。寄蜉蝣於天地㉒，渺滄海之一粟㉓；哀吾生之須臾，羨長江之無窮。挾飛仙以遨游㉔，抱明月而長終；知不可乎驟得，托遺響於悲風㉕。」

蘇子曰：「客亦知夫水與月乎？逝者如斯，而未嘗往也；盈虚者如彼，而卒莫消長也㉖。蓋將自其變者而觀之㉗，則天地曾不能以一瞬㉘；自其不變者而觀之，則物與我皆無盡也，而又何羨乎！且夫天地之間，物各有主，苟非吾之所有，雖一毫而莫取。惟江上之清風，與山間之明月，耳得之而爲聲，目遇之而成色；取之無盡，用之不竭；是造物者之無盡藏也㉙，而吾與子之所共適㉚。」

客喜而笑，洗盞更酌㉛。肴核既盡㉜，杯盤狼籍㉝。相與枕藉乎舟中㉞，不知東方之既白㉟。

注釋

①壬戌：宋神宗元豐五年（一〇八二）。②既望：陰曆每月的十六日。望，陰曆每月的十五日。③泛舟：乘船。④屬：勸。⑤明月之詩、窈窕之章：《詩經·陳風·月出》中一章

「月出佼兮，佼人僚兮。舒窈糾兮，勞心悄兮。」⑥斗牛：星宿名，指斗宿和牛宿，位於吳越分野。⑦縱：任。一緯：船很小，像一片葦葉。《詩經·衛風·河廣》：「誰謂河廣，一葦杭之。」⑧馮：同「憑」，乘。虛：太空。御：駕御。⑨羽化：古人稱成仙爲羽化。⑩桂棹：丹桂做的一種划船工具，形狀和槳差不多。屈原《九歌·湘君》：「桂棹兮蘭枻。」⑪泝：同「溯」，逆流而行。流光：江面浮動的月光。⑫美人：內心思慕的人。《楚辭》中多指君王或所懷念之人。⑬倚歌：按着歌曲的曲調。和：伴奏，應和。⑭泣：使之哭泣。嫠：寡婦。⑮「月明」二句：見三國曹操的《短歌行》。⑯夏口：古城名，今湖北漢口。⑰武昌：指今湖北省鄂城縣。⑱繆：同「繚」，纏繞。⑲周郎：周瑜，字公瑾，赤壁之戰的主要指揮者。⑳「方其」以下幾句：曹操在建安十三年七月，敗劉備，破荊州，帶領千萬水軍，順長江而下。在進軍途中，曹操躊躇滿志，臨江飲酒，手執長矛，吟誦自已所作的《短歌行》。荊州，東漢時州名，治所襄陽（今湖北襄樊）。江陵，東漢縣名，今湖北江陵。舳艫，大船，此指戰船。釃酒，原義是濾酒，此處作斟酒。槊，長矛。㉑匏樽：酒器。匏，果實比葫蘆大，對半剖開可做水瓢。屬：傾注，引申爲勸酒。㉒蜉蝣：蟲名。幼蟲生活在水中，成蟲生存期僅幾個小時，此處用來比喻人生短促。㉓滄海一粟：比喻人渺小的如大海裏的一粒米。㉔挾：挽。㉕遺響：遺音，見《禮記·樂記》。㉖「逝者如斯」四句：斯，此，指水。《論語·子罕》：「子在川上曰：『逝者如斯夫，不捨晝夜！』」盈，月圓。虛，月缺。

湘君湘夫人

彼，那，指月亮。㉗蓋：發語詞。將：助詞。㉘曾：乃。㉙是：那麼。造物者：指大自然。㉚適：快樂，愉悅。㉛更酌：重新斟酒。㉜肴核：菜肴和果品。㉝狼藉：零亂分陳。㉞適相與枕藉：彼此挨着相枕而卧。㉟既白：天亮。

後赤壁賦

題解 《後赤壁賦》是蘇軾於《前赤壁賦》作後三個月重游赤壁而作。同樣是敘寫赤壁月夜之游，同樣是反映作者遭貶後苦悶矛盾的心境，但反映的季節、景色不同，境界各异。

前賦主要寫清風朗月的秋光，見良景而生感慨，談玄説理，議論風生，表現作者灑脱曠達的情懷。後賦則寫水落石出的冬景，以記敘、描寫為主，寫奇景以抒懷，由憂愁悲傷轉入虚無縹緲。文章通過道士化鶴的虚幻夢境來表現作者在現實人生中的苦悶和幻想超塵出世以求解脱的情思。

原文 是歲十月之望①，步自雪堂②，將歸於臨臯③。二客從予過黄泥之阪。霜露既降，木葉盡脱，人影在地，仰見明月，顧而樂之，行歌相答。已而嘆曰：「有客無酒，有酒無肴，月白風清，如此良夜何！」客曰：「今者薄暮，舉網得魚，巨口細鱗，狀如松江之鱸④。顧安所得酒乎？」歸而謀諸婦。婦曰：「我有

斗酒，藏之久矣，以待子不時之需。」

於是攜酒與魚，復游於赤壁之下。江流有聲，斷岸千尺⑤；山高月小，水落石出。曾日月之幾何，而江山不可復識矣！

予乃攝衣而上⑥，履巉岩⑦，披蒙茸⑧，踞虎豹⑨，登虬龍⑩，攀栖鶻之危巢⑪，俯馮夷之幽宫⑫。蓋二客不能從焉。劃然長嘯⑬，草木震動，山鳴谷應，風起水湧。予亦悄然而悲，肅然而恐，凛乎其不可留也。反而登舟，放乎中流，聽其所止而休焉。時夜將半，四顧寂寥。適有孤鶴，横江東來。翅如車輪，玄裳縞衣⑭，戛然長鳴⑮，掠予舟而西也。須臾客去，予亦就睡。夢一道士，羽衣蹁躚⑯，過臨臯之下，揖予而言曰：「赤壁之游樂乎？」問其姓名，俛而不答⑰。「嗚呼！噫嘻！我知之矣。疇昔之夜⑱，飛鳴而過我者，非子也邪？」道士顧笑，予亦驚寤⑲。開戶視之，不見其處。

注釋 ①是歲：指宋神宗元豐元年（一〇八二）。②雪堂：蘇軾謫居黄州時在東坡所建的寓所，在今湖北黄岡東。③臨臯：即臨臯亭，在黄岡南長江邊，蘇軾時寓居於此。④松江：即今吴淞江，下游為蘇州河，流經今江蘇省和上海市一帶，以產鰓鱸魚出名。⑤斷岸：陡峭的江岸。⑥攝衣：提起衣襟。⑦巉岩：一種陡而隆起的岩石。⑧蒙茸：蓬鬆，雜亂的樣子。⑨踞虎豹：蹲坐在狀如虎豹

的大石上。⑩虬龍：形容盤曲、古老的樹木。虬，頭上有兩角的龍。⑪攀栖鶻之危巢：攀登鶻鳥巢居的崖壁。鶻，亦稱隼，猛禽類，巢在懸崖上。⑫俯馮夷之幽宮：俯視水神馮夷的幽宮。馮夷，傳說中的黃河之神，即河伯，這裏泛指水神。⑬劃然：象聲詞，形容長嘯。⑭玄裳：黑色的裙。縞衣：白綢的上衣。⑮戛然：象聲詞，形容鶴類鳥叫的聲音。⑯蹁躚：輕盈的舞動。⑰俛：同「俯」。⑱疇昔：往昔，從前。⑲寤：睡醒。

黠鼠賦①

題解 這是一篇寓言賦。它通過一隻老鼠在人面前施展詭計逃脫的故事，說明了這樣一個道理：即專一而事成，疏忽則事敗。做任何事都應該認真嚴謹，用心專一，才不至於被突然的變故所左右。文章因小見大，說理自然，生動活潑，富有故事性，發人深省。

原文 蘇子夜坐，有鼠方齧②。拊床而止之③，既止複作。使童子燭之，有橐中空④，嘐嘐聱聱⑤，聲在橐中。曰：「嘻！此鼠之見閉而不得去者也。」發而視之，寂無所有，舉燭而索，中有死鼠。童子驚曰：「是方齧也，而遽死耶？向爲何聲，豈其鬼耶？」覆而出之⑥，墮地乃走，雖有敏者，莫措其手。蘇子嘆曰：「异哉！是鼠之黠也。閉於橐中，橐堅而不可穴也。故不齧而齧，以聲致人；不死而死，以形求脫也。吾聞有生，莫智於人。擾龍伐蛟⑦，登龜狩麟⑧，役萬物而君之，卒見使於一鼠；墮此蟲之計中，驚脫兔於處女⑨，烏在其爲智也。」坐而假寐，私念其故。若有告余者曰：「汝惟多學而識之⑩，望道而未見也。不一於汝，而二於物，故一鼠之齧而爲之變也。人能碎千金之璧，不能無失聲於破釜⑪；能搏猛虎，不能無變色於蜂蠆⑫：此不一之患也。言出於汝，而忘之耶？」余俛而笑⑬，仰而覺。使童子執筆，記余之作。

注釋 ①黠：狡猾，機靈。②齧：咬。③拊：拍，敲。床：指坐榻。④橐：口袋。⑤嘐嘐聱聱：象聲詞，這裏形容老鼠咬東西的聲音。⑥覆：翻倒過來。⑦擾龍：馴龍。⑧登龜：捉龜，取龜。登，同「得」。麟：古代傳說中的一種動物，像鹿，全身有鱗甲，有尾。⑨脫兔：逃脫的兔子，比喻行動迅速。處女：未出嫁的女子，比喻性情溫馴善良的人。⑩識：通「志」，記。⑪釜：一種緊口圓頂的鍋。⑫蠆：蝎子一類的毒蟲。⑬俛：同「俯」。

題跋三則

題解 蘇軾興趣廣泛，通曉詩文書畫，而所寫題記序跋頗多。其題跋或品詩，或評畫，或談書法文章，簡短精警，筆調活潑，意味雋永。它們往往能抓住文藝創作的特徵，總結藝術經驗，闡發作者的獨到見解。

《書蒲永升畫後》總結了唐宋以來畫水的經驗，指出畫家畫水有「死水」與「活水」的區別，并通過生動形象的事例，深入淺出地闡述了藝術創作中的「形似」與「神似」的問題，肯定了打破成規，自出新意的藝術創新精神。此文風格如行雲流水，寥寥幾筆就把畫家筆下各種水的形態、音響、聲勢、氣氛再現出來，突出了不同畫派的筆法特點，語言簡淨，文筆靈巧。

《書黃子思詩集後》起筆論書法，再過渡到論評古人詩歌，最後標舉魏晉以來「高風絕塵」的詩風。以書法的發展歷程譬喻詩歌的發展變化，提倡寫詩必須渾然天成，豪逸淡遠。

《書吴道子畫後》充分肯定了吴道子人物畫的高度的真實性。但又認為藝術創作不是單純摹擬生活真實的自然主義的附庸，應先力求形似，然後在此基礎上進行自由抒寫。但這種抒寫要在法度的範圍内自創新意，不能越出規矩，要「出新意於法度之中，寄妙理於豪放之外」，藝術家做到這些時，便從「形似」上昇到「神似」的境界了。

原文

書蒲永升畫後①

古今畫水，多作平遠細皺，其善者不過能爲波頭起伏，使人至以手捫之②，謂有窪隆③，以爲至妙矣。然其品格，特與印板水紙爭工拙於毫釐間耳④。

唐廣明中⑤，處士孫位始出新意⑥，畫奔湍巨浪，與山石曲折，隨物賦形⑦，盡水之變，號稱神逸。其後蜀人黃筌、孫知微皆得其筆法⑧。始，知微欲於大慈寺壽寧院壁作湖灘水石四堵⑨，營度經歲⑩，終不肯下筆。一日，倉皇入寺，索筆墨甚急，奮袂如風，須臾而成，作輸瀉跳蹙之勢⑪，洶洶欲崩屋也。知微既死，筆法中絕五十餘年。

近歲成都人蒲永升，嗜酒放浪，性與畫會，始作活水，得二孫本意，自黃居寀兄弟、李懷袞之流⑫，皆不及也。王公富人或以勢力使之，永升輒嘻笑捨去。遇其欲畫，不擇貴賤，頃刻而成。嘗與余臨壽寧院水，作二十四幅，每夏日掛之高堂素壁，卽陰風襲人，毛髮爲立。永升今老矣，畫亦難得，而世之識真者亦少。如往日董羽、近日常州戚氏畫水⑬，世或傳寶之。如董、戚之流，可謂死水，未可與永升同年而語也。元豐三年十二月十八日夜⑭，黃州臨皋亭西齋戲書⑮。

書黃子思詩集後⑯

予嘗論書，以謂鍾、王之迹蕭散簡遠⑰，妙在筆劃之外。至唐顔、柳始集古今筆法而盡發之⑱，極書之變，天下翕然以爲宗師⑲，而鍾、王之法益微。

至於詩亦然。蘇、李之天成⑳，曹、劉之自得㉑，陶、謝之超然㉒，蓋亦至矣。而李太白、杜子美以英瑋絕世之姿㉓，凌跨百代，古今詩人盡廢。然魏晉以來，高風絕塵，亦少衰矣。李、杜之後，詩人繼作，雖間有遠韻，而才不逮意，獨韋應物、柳宗元發纖穠於簡古㉔，寄至味於淡泊，非餘子所及也。唐末司空圖㉕，崎嶇兵亂之間，而詩文高雅，猶有承平之遺風。其詩論曰：「梅止於酸，鹽止於鹹，飲食不可無鹽梅，而其美常在鹹酸之外㉖。」蓋自列其詩之有得於文字之表者二十四韻㉗，恨當時不識其妙，予三復其言而悲之。

閩人黃子思，慶曆、皇祐間號能文者㉘。予嘗聞前輩誦其詩，每得佳句妙語，反復數四㉙，乃識其所謂。信乎表聖之言，美在鹹酸之外，可以一唱而三嘆也。予既與其子幾道、其孫師是游㉚，得窺其家集。而子思篤行高志㉛，爲吏有異才，見於墓誌詳矣，予不復論，獨評其詩如此。

書吳道子畫後㉜

知者創物㉝，能者述焉㉞，非一人而成也。君子之於學，百工之於技，自三代歷漢至唐而備矣。故詩至於杜子美㉟，文至於韓退之㊱，書至於顏魯公㊲，畫至於吳道子，而古今之變，天下之能事畢矣。

道子畫人物，如以燈取影，逆來順往，旁見側出，橫斜平直，各相乘除㊳，得自然之數，不差毫末。出新意於法度之中㊴，寄妙理於豪放之外，所謂游刃餘地㊵，運斤成風㊶，蓋古今一人而已。余於他畫，或不能必其主名，至於道子，望而知其真僞也。然世罕有真者，如史全叔所藏㊷，平生蓋一二見而已。元豐八年十一月七日書㊸。

注釋 ①蒲永升：宋代成都人，善畫水。②捫：摸，按。③窪隆：凹凸不平，高低起伏。窪，低。隆，高。④印板水紙：在木刻版上用水墨印刷的圖畫。⑤廣明：唐僖宗的年號（八八〇—八八一）。⑥處士：隱居不仕的文人。孫位：唐末畫家，號會稽山人。擅畫人物、鬼神、水等，尤以畫龍、水著稱。⑦隨物賦形：隨所遇之物畫出不同形態。⑧黃筌：字要叔，成都人，五代後蜀畫家，入宋後爲宮廷畫師。善畫花鳥，兼工人物、山水，與南唐徐熙幷稱「黃徐」。孫知微：字太古，眉州彭山（今屬四川）人，宋代畫家。以畫人物、山水著稱。⑨大慈寺：寺院名，在成都。堵：古制一堵之牆長、高各一丈。⑩經歲：過了一年。⑪輸瀉：輸送傾瀉。跳蹙：跳蕩沖擊。⑫黃居寀：字伯鸞，黃筌第三子，五代後蜀畫家，擅長畫花鳥山石，繼承了黃筌的技法。黃筌的另外兩個兒子居實、居寶，也都善畫，其中以居寀成就最高。李懷袞：宋代蜀郡（今四川成都）人，工畫花竹、翎毛。⑬董羽：字仲翔，毗陵（今江蘇常州）人，北宋宮廷畫師。善畫魚龍、海水。常州戚氏：指宋代畫家戚文秀，以善畫山水得名。⑭元豐三年：公元一〇八〇年。元豐，宋神宗趙頊年號（一〇七八—一〇八五）。⑮臨皋亭：在黃岡縣南大江邊，蘇軾貶爲黃州團練副使時曾在此居住。⑯黃子思：即黃孝先，福建浦城人。⑰鍾：即鍾繇，三國魏人，官至太傅，故稱鍾太傅，擅長隸楷。王：指王羲之，東晉人，官至右衛將軍，史稱王右軍，善行、草，被稱爲「書聖」。⑱顏：指顏眞卿，封魯國公，史稱顏魯公。柳：即柳公權，均爲唐代著名書法家。⑲翕然：一致。⑳蘇、李：指西漢蘇武、李陵。㉑曹、劉：指建安詩人曹植、劉楨。㉒陶、謝：指陶淵明、謝靈運。㉓李太白、杜子美：指唐代著名詩人李白、杜甫。㉔韋應物（七三七—七九二）：唐代詩人，京兆長安（今陝西西安）人，世稱「韋蘇州」。其詩風高雅閑淡，淸麗自然，以善於寫景和描寫隱逸生活著稱。柳宗元：見本書王安石《讀柳宗元傳》注釋。㉕司空圖（八三七—九〇八），晚唐著名詩人、詩論家。字表聖，自號知非子。河中虞鄉（今山西永濟）人。咸通十年（八六九）擢進士第，官禮部郎中。寫有大量的山水詩作和《詩品》。其《詩品》以形式的完整、風格論的系統、豐富，成爲唐代詩學的代表作，把我國詩歌理論推向了一個新的高峰。㉖「梅止於酸」四句：語出司空圖《與李生論詩書》。㉗二十四韻：即司空圖《二十四詩品》。㉘慶曆：宋仁宗年號（一〇四一—一〇四八）。皇祐：宋仁宗年號（一〇四九—一〇五三）。㉙數四：三四次，多次。㉚幾道：黃子思的兒子黃幾道。師是：黃子思的孫子黃師是。㉛篤：堅定。㉜吳道子：名道玄，唐代畫家，陽翟（今屬河南）人。其畫筆法超妙，尤擅長畫釋、道人物及山水，有「畫聖」之稱。㉝知者：有智慧的人。知，同「智」。㉞述：遵循。㉟杜子美：即杜甫，唐代著名詩人，世稱「詩聖」。㊱韓退之：即韓愈，字退之，唐代著名古文家。㊲顏魯公：即顏眞卿，唐代著名書法家。其楷書雄偉端莊，行書遒勁有力，世稱「顏體」。㊳乘除：一乘一除，仍保持原數，指抵消。唐韓愈《三星行》：「名聲相乘除，得少失有餘。」㊴法度：法則，規範。㊵游刃餘地：見《莊子·養生主》：「庖丁爲文惠君解牛，手之所觸，肩之所倚，足之所履，膝之所踦，砉然嚮然，奏刀騞然，莫不中音……彼節者有間，而刀刃者無厚。以無厚入有間，恢恢乎其於游刃必有餘地矣。……」㊶運斤成風：見《莊子·徐無鬼》：「郢人堊漫其鼻端，若蠅翼，使匠石斫之。匠石運斤成風，聽而斫之，盡堊而鼻不傷，郢人立不失容。」游刃餘地、運斤成風皆比喻技藝運用的精妙和純熟。㊷史全叔：人名，生平事迹不詳。㊸元豐八年：即公元一〇八五年。

譯文 書蒲永升畫後

古今人畫水，大多畫成平靜瀲遠，略微有些細小的皺紋。其中畫得好的，也不過能畫出波浪起伏的樣子，讓人到畫前用手摸一摸，說是有凹凸不平的感覺，就認爲是最妙的了。但是這種畫的品位和格調，衹能在毫厘之間與用雕板印刷的水墨畫爭個優劣罷了。

唐僖宗廣明年間，隱士孫位才畫出了新的意境。他畫奔騰的急流和巨大的浪濤時，能和山巒岩石一起曲折延伸，極盡水的各種形狀和變化，號稱神采奔放，不同凡響。在這以後，四川人黄筌、孫知微，都學會了他的筆法。最初，孫知微想在大慈寺壽寧院牆上創作幾幅湖灘水石巨畫，經營、醞釀了一年多，始終不肯下筆。有一天，他慌慌張張地跑進寺院，十分急促地要來了筆墨，運筆疾速，衣袖如風，一會兒就畫成了。畫面上的水勢直瀉如下，奔騰跳躍，波濤洶涌，房屋都好像要被冲塌。知微死後，這種筆法中斷了五十多年。

近年來成都人蒲永升，喜歡飲酒，爲人放縱不拘，他將這種性情與畫融爲一道，就開始畫出了活水，掌握了二孫作畫的原意。即使是黄居宷兄弟、李懷衮等人都比不上他。有些王公富人憑着勢力要他作畫，他總是嘻嘻哈哈地笑笑離開。而遇到他願意畫的時候，不分身份貴賤，馬上就給你畫好。他曾經和我同去壽寧院臨摹孫天微的山水畫，畫了二十四幅，每當夏天把它們分別挂在大廳的粉牆上，就感到冷風襲人，連毛髮都豎立起來。永升現在已經老了，他的畫也很難得到，而世上能鑒别出他眞畫的人也很少。像從前的董羽、近時常州的戚文秀，他們畫的山水，都有人把它當做珍寶流傳開去；其實董、戚等人的畫，可以説是死水，不能和永升畫的水相提并論。元豐三年十二月十八日，戲寫於黄州臨皋亭西齋。

書黄書思詩集後

我曾經評論書法，認爲鍾繇、王羲之的書法，蕭散閑遠，韻味悠長，妙處在筆畫之外。到了唐代，顔眞卿、柳公權集古今書法之大成，極盡變化之能事，天下人一致推崇他們爲書法的師表。而鍾繇、王羲之的傳統就日益衰微了。

至於詩歌也是如此。蘇武、李陵的詩歌渾然天成，不待雕琢；曹植、劉楨的自抒胸臆，不受清規戒律的限制；陶淵明、謝靈運的超脱世俗，蕭散飄逸，都是最好的詩作。而李白、杜甫的詩歌卓然出衆，冠絶千古，古今詩人在他們面前都黯然失色。然而，魏晉以來高風絶塵的風格，也就漸漸衰敗了。李白、杜甫以後也相繼出現了一批詩人和作品，雖然間或有一些寓意高妙的作品，但他們的才能不足以表達深意，衹有韋應物、柳宗元的詩歌清新細膩，辭采雅潔，於質樸中表現出纖細濃鬱，於淡泊中寓含不盡的韻味，不是别人能夠做到的。唐末，司空圖於兵荒馬亂之中所寫的詩文高尚雅正，仍然帶有太平盛世的遺風。他論詩説：「梅子是最酸的，食鹽是最咸的，人們飲食不可能没有咸酸調味，然而眞正醇厚的美味卻常在咸酸之外。」他將自已研究詩歌的心得體會，寫了二十四首詩，概括了詩的風格。可惜當時的人不能洞識其中的奥妙，我再三讀他的《詩品》，深受感動，并感到惋惜。

福建人黄子思，是宋仁宗慶曆、皇祐年間有名的詩人。我曾經聽到前輩吟誦他的詩歌，每讀到佳句妙語時，總要反復吟誦玩味，才能理解其中的意蕴。眞正體會到司空圖的詩論是令人信服的，眞正的美味確實在咸酸之外，這樣的詩可以再三吟誦，餘味無窮。我過去經常和黄子思先生的兒子黃幾道，孫子黃師是一起交游，因而有機會讀到他們家傳的集子。黃子思爲人忠實誠摯，富有理想，做官有才幹，這在他他的墓志中都有詳細的記載，我不再重復論說。我衹是談論他的詩作罷了。

書吳道子畫後

聰明的人創造事物，有技能的人遵行、探索、不斷改進，并不是一個人的能力可以完成的。君子研究的學問，工匠對於技藝的掌握，從夏、商、周三代，經過漢代直至唐代，已經十分完備了。所以詩歌發展到杜子美，文章發展到韓退之，書法發展到顏魯公，繪畫發展到吳道子，古往今來的變化，天下最擅長的事情都已經到盡頭了。吳道子畫人物時，就像用燈取影，能夠合理地使用逆順、旁側、斜直等各種藝術技巧，做到相互抵消、相互平衡，從而符合自然與實體的要素，不產生絲毫的偏差。他還能進一步從法度之中創立新意，在豪放之外寄寓妙理，達到像游刃有餘，運斤成風那樣純熟、精湛、揮灑自如的境界。而這一切，大概從古到今，衹有他一個人能做到。我對於其他人的畫，或者不能肯定地說出作者的名字，至於吳道子的畫，一看就知道它的眞假。可是世上極少有他的眞迹。像史全叔所收藏的，一生衹見到一兩幅而已。元豐八年十一月七日寫。

記承天寺夜游①

題解 文章以淡雅的筆觸勾畫出一幅清逸秀美的月夜圖，創造出一個清冷皎潔的意境，并含蓄地點出了作者貶居黃州時孤而不寂、賞月消遣的心境。作者將主觀的閑情逸致與客觀的月影松濤兩相對照，意境綿遠。全文叙事簡淨，寫景如繪，行文自然，宛如行雲流水。

原文 元豐六年十月十二日夜②，解衣欲睡，月色入戶，欣然起行。念無與爲樂者，遂至承天寺尋張懷民③。懷民亦未寢，相與步於中庭。庭下如積水空明，水中藻荇交橫④，蓋竹柏影也。何夜無月？何處無竹柏？但少閒人如吾兩人者耳。

注釋 ①承天寺：在今湖北黃州南。②元豐六年：即公元一〇八三年。元豐爲宋神宗趙頊年號（一〇八一—一〇八五）。③張懷民：名夢得，清河（今屬河北）人。元豐六年（一〇八三）被貶黃州，曾寓居承天寺。④藻荇：多年生草本植物，葉子略呈圓形，浮在水面，根生在水底，花黃色，蒴果橢圓形。根莖可食，全草可供藥用或作飼料或作肥料。

譯文 元豐六年十月十二日夜裏，我已經脫了衣服想睡覺時，月光從窗口射進來，我欣喜地爬起來，出門散步。想到沒有可與自己一起游樂的人，於是到承天寺找張懷民。懷民也沒有睡覺，我們在庭院中散步。庭院中的月光宛如積水那樣清澈透明，水中如有水藻、荇菜縱橫交叉，大概是綠竹和翠柏在月光下的投影吧。哪夜沒有月光？哪裏沒有綠竹和翠柏？衹是世上缺少像我兩個這樣閑適的人來欣賞這月色和竹柏啊！

記游松風亭

題解 紹聖元年（一〇九四），蘇軾貶居惠州，政治失意，前途莫測。本文以登山喻仕宦，以戰場比官場，抒寫自己將功名利祿置諸腦後，在苦難中自我排遣解脱的心態。在險惡的環境中，能隨遇而安，如此從容灑脱，實屬不易。

原文 余嘗寓居惠州嘉祐寺①，縱步松風亭下②。足力疲乏，思欲就亭止息。望亭宇尚在木末，意謂是如何得到？良久，忽曰：「此間有什麽歇不得處？」由是如脱鈎之魚，忽得解脱。若人悟此，雖兵陣相接，鼓聲如雷霆，進則死敵，退則死法，當恁麽時也不妨熟歇。

注釋 ①惠州：今廣東省惠州。紹聖元年（一〇九四），章惇爲相，復行新法。時東坡定居定州，爲御史彈劾，落兩職追一官，知英州。未至，再貶寧遠軍節度使副使，惠州安置。②松風亭：《輿地紀勝》載：「亭在彌陀寺後山之巓，始名峻峰。植松二十餘株，清風徐來，因稱曰『松風亭』。」

譯文 我曾經借住在惠州嘉祐寺，在松風亭附近散步。感覺腳力疲乏，想到亭子裏休息。仰望松風亭的屋檐還高高地在樹梢之上，心想怎樣才能到達那裏？後來轉念又一想，自語道：「這裏爲什麽就不能休息呢？」就好比上鈎的魚兒，忽然得到解脱。如果人們能領悟到這一點，即使兩軍對陣，兵刃相交，戰鼓之聲如雷震，冲上去就要死於敵人的兵刃之下，後退則死於軍法，無論面對什麽情況，也不妨好好先歇息一下。

沈括

作者簡介 沈括（一〇三一—一〇九五），北宋科學家、文學家。字存中，錢塘（今浙江杭州）人。宋仁宗嘉祐八年（一〇六三）進士。神宗時提舉司天監，累官翰林學士、權三司使、龍圖閣待制、鄜延路京略使等職。因支持王安石變革，遭保守派排擠。晚年退居潤州（今江蘇鎮江），築室夢溪，過着隱居著述生活。

沈括博學能文，精通天文、曆算、方誌、典志、地理、音樂、醫藥，首創渾儀、景表、浮漏等。他的人文科學與自然科學研究成果，集中見於其晚年所著《夢溪筆談》。其書内容廣泛，紀事精詳，記載了我國古代自然科學方面的許多光輝成就，同時還記載了不少朝廷中的掌故史實，以及文學、史學、藝術方面的知識見聞。學識之淵博，見解之深刻，筆記文中，無出其右者。

雁蕩山

題解 這是一篇既有科學性，又有文學性的記游佳作。文章的前半部分主要探討了雁蕩山得名的由來。以「天下奇秀」總括該山的風景特色，并介紹了與其有關的歷史文化知識和自然景觀特點。後半部分則結合實地考察，舉以例證，分析雁蕩山奇特地貌形成的原因。文末則説明雁蕩山自古以來長期不曾被人發現的原因，正在於其特殊的地形地貌，照應開頭。縱觀全文，條理清晰，結構嚴謹，描述生動準確，文筆簡潔清新，讀後不僅能增長自然地理方面的知識，而且能獲得美的享受。

原文

溫州雁蕩山①，天下奇秀，然自古圖牒未嘗有言者②。祥符中③，因造玉清宮，伐山取材，方有人見之，此時尚未有名。按西域書④，阿羅漢諾矩羅居震旦東南大海際雁蕩山芙蓉峰龍湫⑤。唐僧貫休爲《諾矩羅贊》⑥，有「雁蕩經行雲漠漠，龍湫宴坐雨濛濛」之句。此山南有芙蓉峰，峰下芙蓉驛，前瞰大海⑦，然未知雁蕩、龍湫所在。後因伐木，始見此山。山頂有大池，相傳以爲雁蕩；下有二潭水，以爲龍湫。又以經行峽、宴坐峰，皆後人以貫休詩名之也。謝靈運爲永嘉守⑧，凡永嘉山水，游歷殆遍，獨不言此山，蓋當時未有雁蕩之名⑨。

余觀雁蕩諸峰，皆峭拔險怪，上聳千尺，穹崖巨谷，不類他山。皆包在諸谷中，自嶺外望之，都無所見。至谷中，則森然幹霄。原其理，當是爲谷中大水沖激，沙土盡去，唯巨石巋然挺立耳⑩。如大小龍湫、水簾、初月谷之類，皆是水鑿之穴。自下望之，則高岩峭壁；從上觀之，適與地平，以至諸峰之頂，亦低於山頂之地面。世間溝壑中水鑿之處，皆有植土龕岩⑪，亦此類耳。今成皋、陝西大澗中⑫，立土動及百尺⑬，迥然聳立，亦雁蕩具體而微者⑭，但此土彼石耳。既非挺出地上，則爲深谷林莽所蔽，故古人未見，靈運所不至，理不足怪也。

注釋

①雁蕩山：位於今浙江省東南部，有南北雁蕩之分，這裏指北雁蕩山。②圖牒：地圖、文書。③祥符：即大中祥符的簡稱，大中祥符爲宋真宗趙恆年號（一〇〇八—一〇一六）。④西域書：指佛經。西域，我國古代稱玉門關以西的地區爲西域。⑤阿羅漢：梵語的音譯，即得道者、聖者的意思。小乘佛教稱修正果分九等，進入到第五等的爲羅漢，能斷絶一切嗜好情欲、解脱現行煩惱。諾矩羅：據説是外國和尚，十六尊者之一。震旦：古代印度人對中國的稱呼。芙蓉峰：雁蕩山山峰之一，在雁蕩山南部。龍湫：雁蕩山瀑布名，有大龍湫、小龍湫。⑥貫休：唐末名僧，本姓姜，字德隱，婺州蘭溪（屬浙江）人。善詩，工書畫。著有《禪月集》。相傳《諾矩羅贊》爲貫休所著，但今傳二十五卷本《禪月集》內無此篇。⑦瞰：俯視。⑧謝靈運：南朝劉宋時著名山水詩人，陳郡陽夏（今河南太康）人。東晉名將謝玄之孫，襲封康樂公，故又稱謝康樂。曾任永嘉（今浙江溫州）太守。著有《謝康樂集》。⑨蓋：連詞，承接上文，推測原因。⑩巋然：高高挺立而顯得穩固的樣子。⑪植土：指溝壑兩旁高而直立的土層。龕岩：指底部向內凹陷的岩石。⑫成皋：舊縣名，在今河南滎陽西。⑬立土：聳立的土堆。⑭具體而微：指各體（部分）都具備，但規模較小。

譯文 温州的雁蕩山，是天下奇特秀麗的地方。然而古代的地圖、文書上都沒有記載。大中祥符年間，因爲修建玉清宮，進山采伐木材，才被人發現，但當時它還沒有名字。根據佛書上的記載，聖人諾矩羅曾住在中國東南海濱雁蕩山芙蓉峰的龍湫附近。唐朝貫休和尚寫過《諾矩羅贊》，其中有「雁蕩經行雲漠漠，龍湫宴坐雨濛濛」的詩句。這座山的南邊有芙蓉峰，峰下有芙蓉驛站，從前面往下看是藍色的大海，然而當時的人依然不知道雁蕩、龍湫在什麼地方。後來因爲砍伐樹木，才發現這座山的主峰。山頂有一個大水池。傳説就是雁蕩；下邊有兩個深水潭，以爲它就是龍湫。此外，還有經行峽、宴坐峰，都是後人根據貫休的詩句來命名的。南朝詩人謝靈運任永嘉太守時，把永嘉一帶所有的山水幾乎都游歷遍了，唯獨沒有提到這座山，大概因爲當時還沒有雁蕩山這個山名。

我觀察雁蕩山的這些山峰，都是非常陡峻、險怪的，向上聳立千尺，高崖深谷，不同於别的山。這些山峰都包容在周圍的山谷裏面，從嶺外望去，什麼也看不到。衹有走到山谷裏面，才能看到雁蕩諸峰的峭拔林立，直冲雲霄。推究雁蕩山形成的原因，應當是山谷中的大水把沙土全部冲走，衹剩下巨大的岩石巍然挺立。至於大小龍湫、水簾、初月谷這些地方，都是大水濛刷的洞穴。從下面向上看這些山峰，都是高岩陡壁；而從高處看它，各峰頂恰好跟周圍山地一樣高，甚至還低於周圍山地的地平面。世上各地的深溝巨谷中，被水流冲刷的地方，都有陡直的土壁和下部凹陷像佛龕的

岩石，也都屬於這一類情況。現在成皋、陝西的大山澗裏，直立的土壁常高達百尺，高高聳立着，可算是形體具備而規模較小的雁蕩山。不過這裏是黄土，那裏是岩石罷了。既然雁蕩山許多山峰不是挺立在地面上，而是被掩蔽在深谷和林木雜草中，所以古人才沒有發現它。那麼謝靈運沒有到過這裏，按理説就沒有什麼可奇怪的了。

活版印刷

題解 本篇對我國北宋年間科學技術上的重大發明創造——畢昇的活字版印刷術作了具體而翔實的描述，着重介紹了活板不同於雕板之處。它給我們保存了一份寶貴的文化遺産，既是一篇具有世界意義的科學文獻，同時也生動地歌頌了我國古代勞動人民偉大的創造才能和高超的科學智慧。

原文 板印書籍，唐人尚未盛爲之。自馮瀛王始印五經，已後典籍，皆爲板本。

慶曆中，有布衣畢昇[2]，又爲活板。其法：用膠泥刻字，薄如錢唇[3]，每字爲一印，火燒令堅。先設一鐵板，其上以松脂、蠟和紙灰之類冒之[4]。欲印，則以一鐵範置鐵板上，乃密布字印，滿鐵範爲一板，持就火煬之[5]。藥稍，則以一平板按其面，則字平如砥[6]。若止印三二本，未爲簡易；若印數十百千本，則極爲神

速。常作二鐵板，一板印刷，一板已自布字⑦，此印者才畢，則第二板已具，更互用之⑧，瞬息可就。每一字皆有數印，如「之」、「也」等字，每字有二十餘印，以備一板內有重複者。不用則以紙帖之，每韻爲一帖⑨，木格貯之。有奇字素無備者，旋刻之，以草火燒，瞬息可成。不以木爲之者，木理有疏密，沾水則高下不平，兼與藥相粘，不可取，不若燔土⑩，用訖再火令藥，以手拂之，其印自落，殊不沾汙。

昇死，其印爲予群從所得⑪，至今寶藏。

注釋

①馮瀛：即馮道（八八二—九五四），字可道，晚年自號稱樂老，瀛州景城（今河北滄州）人。歷仕唐、後唐、後晉、後漢、後周等，在相位二十餘年，以持重鎮俗爲己任，未嘗諫諍。病卒贈尚書令，追封瀛王。後唐明宗長興二年（九三二），馮道和李愚向朝廷建議刻印「五經」。《舊五代史·馮道傳》：「天成、長興中……時以諸經舛繆，與同列李愚委學官田敏等，取西京鄭覃所刊石經，雕爲印板，流布天下，後進賴之。」天成、長興，爲後唐明宗年號。②布衣：平民。畢昇（？—一〇五一）：活字印刷的發明者。③錢唇：銅錢的邊緣。④冒：覆蓋。⑤就：接近。煬：烘乾，烤火。⑥砥：質地較細的磨刀石。⑦布字：排字。⑧更：交替，輪換。⑨每韻爲一貼：每屬於同一韻部的字，全一個標簽標明。⑩燔：焚燒。⑪群從：指堂兄弟及諸子侄。

譯文

用刻板印刷書籍，唐朝人還沒有大規模采用。自五代馮道開始印刷五經，以後的各種圖書典籍都是雕木板印刷本。

慶曆年間有位平民畢昇，又發明了活字板印刷。它的方法是：先用黏土刻成字，字薄得像銅錢的邊緣，每字爲一個印刷活字，用火燒使它堅硬。另設置一塊鐵板，它的上面用松脂、蠟混合紙灰等覆蓋它。想要印刷，就拿一個鐵框子放在鐵板上，框中裝滿活字，拿着它靠近火烤。藥物稍微熔化，就拿一塊平板壓在它的表面，等藥品凝固後，活字平展得像磨刀石一樣。如果衹印刷兩三本，不能算是簡便；如果印刷幾十乃至成百上千本，則極爲神速。印刷時通常制作兩塊鐵板，一塊鐵板正在印刷，另一塊鐵板已經另外排上字模，這樣交替使用，輪流印刷，極短的時間就可以完成。每一個字都有幾個字模，常用字如「之」、「也」則有二十多個字模，用來防備一塊板裏面有重複出現的字。不用時，就用紙條做的標簽分類標出它們，每一個韻部制作一個標簽，用木格儲存它們。有生僻字平時沒有準備的，馬上把它刻出來，用草火燒烤，很快可以制成。不拿木頭制作活字模的原因，是因爲木頭的紋理有疏有密，沾了水就高低不平，加上同藥物互相粘連，不能取下來，不如用燒土燒制活字。使用完畢再用火烤，使藥物熔化，用手擦試它，那些字模就自行脫落，一點也不會被藥物弄臟。

畢昇死後，他的字模被我的堂兄弟和侄子們得到了，至今還珍藏着。

采草藥

題解 本文批判了固定在二、八月采藥的舊法，以通俗的事實和道理說明了采藥不可拘於固定的月份。事理清晰，詳略得當，文辭平實精美，為科技小品中的珍品。

原文 古法采草藥多用二八①，此殊未當②。但二月草已芽，八月苗未枯，采掇者易辨識耳③。在藥則未爲良時。大率用根者，若有宿根④，須取無莖葉時采，則津澤皆歸其根⑤。欲驗之，但取蘆菔、地黃輩觀⑥，無苗時采，則實而沉；有苗時采，則虛而浮。其無宿根者，則候苗成而未有花時采，則根生已足而未衰。如今之紫草⑦，未花時采，則根色鮮澤；花過而采，則根色黯惡，此其效也。用葉者取葉初長足時，用芽者自從本說⑧，用花者取花初敷時⑨，用實者成實時采。皆不可限於時月。

緣土氣有早晚，天時有愆伏⑩。如平地三月花者，深山中則四月花，白樂天游大林寺詩云⑪：「人間四月芳菲盡，山寺桃花始盛開。」蓋常理也；此地勢高下之不同也。如筀竹筍有二月生者⑫，有三、四月生者，有五月方生者，謂之晚筀。稻有七月熟者，有八、九月熟者，有十月熟者，謂之晚稻。一物同一畦之間，自有早晚，此物性之不同也。嶺嶠微草⑬，淩冬不凋；并汾喬木⑭，望秋先隕⑮；諸越則桃李冬實⑯，朔漠則桃李夏榮⑰，此地氣之不同也。一畝之稼，則糞溉者先芽；一丘之禾，則後種者晚實，此人力之不同也。豈可一切拘於定月哉⑱！

注釋 ①二八：指農曆的二月、八月。②殊：很，特別。③掇：采集。④宿根：多年生草本植物，秋冬莖葉枯萎，但根還活在土中，次年又發芽生長，這種根叫宿根。⑤津澤：植物體內所含養分的精華。⑥蘆菔：即蘿卜。地黃：多年生草本植物，屬參玄科。生地黃可清熱涼血，熟地黃可補血壯身。⑦紫草：多年生草本，根紫色，可入藥。⑧自從本說：自然遵從采葉的道理。意即用芽者自然也是芽剛長足時采。⑨敷：鋪開，引申爲「開放」。⑩愆伏：天氣冷暖失調，多指大旱或酷暑，有變化無常的意思。《左傳·昭公四年》：「冬無愆陽，夏無伏陰。」愆，過。⑪白樂天：即中唐著名詩人白居易（七七二—八四六），字樂天。⑫筀竹：一種葉細節疏的竹子。⑬嶺嶠：五嶺的別稱，泛指今兩廣一帶。⑭并汾：宋代的并州和汾州，在今山西省，泛指今山西一帶。⑮隕：墜落。⑯諸越：指百粵。古代南方越人的總稱。這裏泛指南方。⑰朔漠：北方沙漠地區，泛指我國北方。⑱拘：限制。

譯文 古法采草藥多在二月、八月，這種方法很不恰當。衹是二月草已經發芽，八月時草苗還沒有枯萎，采藥的人容易辨認罷了。而對藥材本身來說，并不是最好的時間。一般來說，用根的草藥，如果有隔年老根，必須選擇沒有莖葉時采挖，這時草藥的汁液都吸收它的根部。要驗證這一點，祇要拿蘿卜、地黃一類進行觀察就可以看出。無苗的時候采挖，根就充實而有分量；有苗時候采挖的，它的根就空虛而沒有分量。那些沒有隔年老根的，就要等到莖葉長成而還沒有開花的時候采挖，那時根生長足了，而且還沒有衰老。像現在的紫草，沒開花的時候采挖，根莖的顏色就鮮艷而有光澤；花開過後再采挖，根的顏色就深黑，色氣不好。這就是采藥時間恰當與否的驗證。用葉的草藥要選擇葉子剛長足的時候采摘；使用嫩芽的，也應當按照這種說法；用花的，要選取花剛開時；用果實的，要在果實成熟時采。都不可以用固定的時間月份加以限制。

因爲不同地區的地溫變化有早有晚，四時的氣候變化有過於暖和與過於寒冷的。如平原三月開花的，而深山中卻四月才開花。白居易《大林寺桃花》詩說：「人間四月芳菲盡，山寺桃花始盛開。」這大概是普遍的道理：這是由於地勢高低的不同。如筆竹筍，有二月生的，有三、四月生的，有五月長出來的，五月才長出來的叫作晚筆。水稻有七月熟的，有八、九月熟的，有十月熟的，十月熟的叫作晚稻。同一類作物在同一小塊地裏的，其成熟有的早，有的晚，這是植物本身的性能不同的緣故。五嶺以南的小草，越冬也不枯萎；并州、汾州地區的喬木，臨近秋天就先落葉了；諸越的桃李冬天結果，北方的桃李夏天才開花，這是各地氣候不同造成的。同一畝地裏的莊稼，用糞澆灌的先發芽；同一塊地裏的穀物，後種的就晚結果實，這是人工栽培的不同造成的。哪能一律用固定的時月來限制采摘草藥的時間呢！

石油

題解 在文中，作者對當時延州一帶人民采集利用石油的情況作了細緻考察，研究了石油的用途。不僅親自實踐用石油灰製造優質的墨，還對我國石油的儲藏遠景，作了「石油製品後必大行於世」的科學推斷。篇末以詩作結，使文章變得生動，饒有趣味。文章有考證，有描述，有記事，有議論，從古到今，從當前預見未來，娓娓而談。

原文 鄜、延境內石油①，舊說「高奴縣出脂水②」，即此也。生於水際，沙石與泉水相雜，惘惘而出③，土人以雉尾挹之④，乃采入缶中⑤，頗似淳漆，燃之如麻⑥，但煙甚濃，所沾帷幕皆黑。予疑其煙可用，試掃其煤以爲墨，黑光如漆，松墨不及也⑦，遂大爲之。其識文爲「延川石液」者是也⑧。此物必大行於世，自予始爲之。

蓋石油之多，生於地中無窮，不若松木有時而竭。今齊、魯松林盡矣⑨，漸至太行、京西、江南⑩，松山太半皆童矣⑪。造煤人蓋未知石煙之利也。

石炭煙亦大，墨人衣⑫。予戲爲《延州》詩云：「二郎山下雪紛紛⑬，旋卓穹廬學塞人⑭。化盡素衣冬未老⑮，石煙多似洛陽塵⑯。」

注釋 ①鄜、延：指鄜州、延州，在今陝西延安一帶。宋神宗元豐年間，沈括曾任鄜延路經略安撫使。②高奴縣：秦置，故址在今陝西延安附近。《漢書·地理志》上郡高奴（縣）下班固自注：「有洧水，可燃。」唐段成式《酉陽雜俎·物异篇》：「石漆，高奴縣石脂水，水膩，浮水上如漆，采以膏車及燃燈極明。」③惘惘：涌流緩慢、時斷時續的樣子。④雉：野鷄。挹：沾，沾取。⑤缶：古代一種大肚子小口的盛酒瓦器。⑥麻：指麻炬，古代用麻炬照明。⑦松墨：我國名墨之一，用松木煙灰制成。⑧識文：標記文字。識，通「志」。⑨齊魯：今山東附近地區。⑩太行：太行山。京西：宋代京西路，轄所在今河南、陝西、湖北交界處。⑪童：禿。童山即指沒有草木的山。⑫墨：名詞用作動詞，熏染黑。⑬二郎山：在今陝西安塞縣。⑭卓：堅立，支架。⑮化：變，染。⑯洛陽塵：晉陸機《爲顧彥先贈婦詩》：「京洛多風塵，素衣化爲緇。」

譯文 鄜州、延州境內有一種石油，過去說的高奴縣有石脂水，就是指這種東西。石油產生在水邊，與砂石和泉水相混雜，慢慢地從地裏冒出來。當地人用野鷄的尾羽把它沾起來，采集到瓦罐裏。這種油很像純漆，燃燒起來像燒麻杆；但煙很濃，把帳篷都熏黑了。我想這種煙也許可以利用，就試着把它燃燒後附在物體上的煙煤掃起來，集中到一起用來制墨。用它制出的墨很有光澤，又黑又亮，像黑漆一樣，連松木煙灰制作的墨也趕不上它。於是就用它做了許多墨，在墨錠上以「延州石液」四個字作爲標記。就是松墨也比不上它。這種墨以後一定會大大推廣的，現在就從我開始做起吧。

石油數量非常多，蘊藏在地下沒有窮盡，不會像松木那樣有時會枯竭。現在山東一帶的松林已經采完，就連太行山，京西，江南一帶有松樹的山，現在大都也都光禿禿的了。制墨的人還都不知道石油燃燒時產生的油煙對制墨有很大好處。

石炭燃燒時發出的煙也很大，會把衣服熏黑。我高興地做了一首《延州》詩：「二郎山下雪紛紛，旋卓穹廬學塞人。化盡素衣冬未老，石煙多似洛陽塵。」

雄州北城

題解 李允則在宋真宗、仁宗時以才略著稱，史稱其「在河北二十餘年，事功最多，其方略設施，雖寓於游觀亭傳間，後人亦莫敢隳」。但作者對他的權謀，并沒有大肆虛構，務爲曲折驚險，而是如話家常，平平道來。文章不僅肯定了李允則的智謀，也反映了當時宋遼雙方對峙的時代氣氛。語言通俗平易，值得一讀。

原文 李允則守雄州①，北門外民居極多，城中地窄，欲展北城。而以遼人通好②，恐其生事。門外舊有東嶽行宮，允則以銀爲大香爐，陳於廟中，故不設備③。一日銀爐爲盜所攘④，乃大出募賞，所在張榜，捕賊甚急。久之不獲，遂聲言廟中屢遭寇，課夫築城圍之，其實展北城也。不逾旬而就。虜人亦不怪之⑤。則今雄州北關城是也⑥。大都軍中詐謀，未必皆奇策，但當時偶能欺敵而成奇功。時人有語云：「用得著，敵人休；用不著，自家羞。」斯言誠然。

注釋 ①李允則（九五三—一〇二八）：字垂範，并州盂縣（今屬山西）人。少以才略聞，歷知滄、瀛、雄等州，機警有膽識。雄州：今河北雄縣。②以遼人通好：宋真宗景德元年十二月（一〇〇五），宋遼訂立澶淵之盟，規定宋每年輸遼銀十萬兩，絹二十萬匹，雙方正式通好。③設備：設法準備。④攘：侵奪，偷竊。⑤虜人：這是對契丹的蔑稱。⑥則：即，就是。

譯文 李允則守雄州時，雄州北門外居民很多，城中地面狹窄，允則想要擴建北城。而宋遼結交，這樣做擔心遼軍有可能會尋釁滋事。北門原來有東嶽大帝行宮，李允則用白銀鑄造成一個大香爐，供奉在廟中，故意不派人看管。一天，銀香爐被盜了，於是允則到處張貼布告，以高額獎金招募捉拿盜賊的人，捕捉盜賊甚爲緊急。但很長時間也未能捉住盜賊，於是放風說廟中器物屢次丟失，督徵民夫修築城牆圍護，而這其實是在擴建北城。不超過十天就修好了。而遼人也不感到驚异。這就是現在的雄州北城。一般來說，軍中的欺詐之計，并不都是奇謀异策，但在當時偶爾能蒙騙敵人而成就奇功。當時人有諺語說：「詐謀用上了，敵人休矣；用不上，自家羞愧。」這話說得很對啊。

正午牡丹

題解 這是一篇關於書畫鑒賞的小品。文中列舉了收藏書畫者的三種類型，肯定了那種嚴肅不苟、觀察精微、用筆細緻、善求古人筆意的畫家以及確有識別能力的鑒賞家，諷刺了那些附庸風雅的市儈收藏家。文章明晰簡潔，活潑輕快，短小精悍而不失生動、趣味。

原文 藏書畫者，多取空名，偶作爲鍾、王、顧、陸之筆①，見者爭售②，此所謂「耳鑒③」。又有觀畫而以手摸之，相傳以爲色不隱指者爲佳畫，此又在耳鑒之下，謂之「揣骨聽聲④」。歐陽公嘗得一古畫牡丹叢⑤，其下有一貓，未知其精粗。丞相正肅吳公與歐公姻家⑥，一見，曰：「此正午牡丹也。何以明之？其花披哆而色燥⑦，此日中時花也。貓眼黑睛如線，此正午貓眼也。有帶露花，則房斂而色澤⑧。貓眼早暮則睛圓，日漸中狹長，正午則如一線耳。」此亦善求古人筆意也。

注釋 ①鍾：即鍾繇（一五一—二三〇），字元常，潁川長社（今河南長西）人。三國時魏國書法家，精隸、楷。王：即王羲之（三二一—三七九），字逸少，琅玡臨沂（今山東臨沂）人。東晉時書法家，與鍾繇并稱「鍾王」，擅正行。顧：即顧愷之（三四六—四〇七），字長康，晉陵無錫

（今江蘇無錫）人，東晉時畫家。多才藝，工詩賦、書法，尤精繪畫，有「才絕、畫絕、痴絕」之稱。陸：陸探微，生卒年不詳。吳（今江蘇蘇州）人。南朝宋時畫家，與顧愷之、張僧繇同爲「六朝三杰」。②爭售：爭相購買。③耳鑒：指衹憑傳説判定書畫優劣，不問實際。④揣骨聽聲：舊時相面的一種方法，不相其面，衹摸骨骼、聽語聲來判斷吉凶禍福。⑤歐陽公：即歐陽修。⑥正肅吳公：即吳育（一〇〇四—一〇五八），字春卿，建州浦城（今屬福建）人，一説建安（今福建建寧）人，少奇穎博學，天聖年間進士。累遷禮部郎中，知開封府。宋仁宗時官至參知政事。卒謚正肅。姻家：兒女親家。⑦披哆：（花瓣）展開，散開。哆，張口的樣子。⑧房斂：花朵收斂。房，物體分成間隔狀的各個部分。

譯文 一般的書畫收藏家，購買作品時圖其虛名，偶爾聽到某某書法是鍾繇、王羲之的筆迹，某某繪畫是顧愷之、陸機的作品，就爭相購買，這就是所謂「耳鑒」。又有人觀賞繪畫作品，不是用心觀賞，而是用手去撫摸它，相互傳語認爲，畫上顏色用手指摸得出的就是優秀作品，這種識見又在耳鑒之下，有如相面，稱之爲「揣骨聽聲」。歐陽修先生曾得到一幅古畫，畫的是一叢牡丹，花下有一隻貓。他不了解這幅畫的質量是精良還是粗劣。丞相正肅吳公與歐家是姻親，一見到這幅畫，就説：「這是畫的正午時間的牡丹。怎麼知道的呢？這花的花瓣是張開的，花的顏色乾燥。再看這衹貓的眼睛，黑色眼珠眯縫成一條綫，這是正午貓眼所呈現的狀態。如果是早上帶有露珠的花，那花瓣是收縮的，顏色也潤澤。貓眼，早晚眼珠總是圓圓的，近午才慢慢狹長起來，到了正午就像一條綫了。」這樣來解釋也算得能體會古人作品的意致情態了。

馬存

作者簡介 馬存（？—一〇九六），宋代文學家。字子才，樂平（今屬江西）人。宋哲宗元祐三年（一〇八八）進士。曾為鎮南節度推官，再調越州觀察推官。為文雄壯健直，奇氣橫生。有文集二十卷，已佚。

贈蓋邦式序①

題解 馬存的好友蓋邦式非常喜愛《史記》文章的雄奇瑰麗，欲學之，問其法於馬存，馬存即寫了這篇序文相贈。

在文章裏，作者通過對《史記》創作風格的分析，闡明周游天下的閱歷、豐富的歷史知識和生活知識以及對社會現實的深刻觀察，是司馬遷散文奇偉瑰麗風格形成的主要原因。同時，批評了那些脱離社會生活實際，埋頭書齋，一味「在斷編敗册」中東拼西湊，只在文字上下工夫的創作態度。

文章觀點明確，重點突出，筆力雄奇。其中結合司馬遷游歷闡述其文章不同風格的文字，緊扣主題，運用排比、比喻等藝術手法，既有高度的概括，又有具體的描寫，寓參差於嚴整之中，寫得奇偉不凡、氣勢淋漓。當然，作者將司馬遷文學成就的取得僅歸於游歷一項，未免偏頗。

原文

予友蓋邦式，嘗爲予言：「司馬子長之文章有奇偉氣②，竊有志於斯文也，子其爲說以贈我。」予謂：「子長之文章不在書，學者每以書求之，則終身不知其奇。予有《史記》一部，在天下名山大川、壯麗奇怪之處，將與子周游而曆覽之，庶幾可以知此文矣③。」

「子長生平喜游，方少年自負之年，足迹不肯一日休。非直爲景物役也④，將以盡天下大觀以助吾氣⑤，然後吐而爲書。今於其書觀之，則其平生所嘗游者皆在焉。南浮長淮⑥，泝大江⑦，見狂瀾驚波，陰風怒號，洶走而横擊，故其文奔放而浩漫⑧；望雲夢洞庭之陂⑨，彭蠡之瀦⑩，涵混太虚，呼吸萬壑而不見介量⑪，故其文停蓄而淵深⑫；見九嶷之芊綿⑬，巫山之嵯峨⑭，陽臺朝雲⑮，蒼梧暮煙，態度無定，靡曼綽約⑯，春妝如濃，秋飾如洗，故其文妍媚而蔚紆⑰；泛沅渡湘⑱，吊大夫之魂⑲，悼妃子之恨⑳，竹上猶斑斑㉑，而不知魚腹之骨尚無恙乎㉒？故其文感憤而傷激；北過大梁之墟㉓，觀楚漢之戰場㉔，想見項羽之暗嗚㉕，高帝之謾罵㉖，龍跳虎躍，千兵萬馬，大弓長戟，交集而齊呼，故其文雄勇猛健，使人心悸而膽慄；世家龍門㉗，念神禹之巍功；西使巴蜀㉘，跨劍閣之鳥道。上有摩雲之崖，不見斧鑿之痕，故其文斬絶峻拔而不可攀躋㉙；講業齊魯之都㉚，觀夫子之遺風㉛，鄉射鄒嶧㉜，彷徨乎汶陽洙泗之上㉝，故其文典重溫雅，有似乎正人君子之容貌。凡天地之間萬物之變，可驚可愕，可以娛心，使人憂，使人悲者，子長盡取而爲文章，是以變化出沒，如萬象供四時而無窮，今於其書觀之，豈不信哉！」

「予謂欲學子長之文，先學其游可也。不知學游以求奇而欲操觚弄墨㉞，紉綴腐熟者㉟，乃其常常耳。昔公孫氏善舞劍而學書者得之㊱，乃入於神；庖丁氏善操刀㊲，而養生者得之，乃極其妙，事固有殊類而相感者，其意同故也。今天下之絶蹤詭觀，何以异於昔，子果能爲我游者乎？吾欲觀子矣。醉把杯酒，可以吞江南吳越之清風㊳；拂劍長嘯，可以吸燕趙秦隴之勁氣㊴，然後歸而治文著書，子畏子長乎？子長畏子乎？不然斷編敗冊，朝吟而暮誦之，吾不知所得矣。」

注釋

①蓋邦式：生平不詳。②司馬子長：即《史記》作者司馬遷，字子長。西漢著名史學家、文學家。奇偉：雄奇俊偉。③庶幾：大概。④非直：不衹是。役：驅使。⑤氣：此指作者

的修養和氣質。⑥長淮：淮河。⑦泝：同「溯」，逆流而上。⑧浩漫：廣大深遠的樣子。⑨雲夢：古澤名，在今湖北境內。洞庭：即洞庭湖，在今湖南境內。陂：水邊，水岸。⑩彭蠡：鄱陽湖的古稱，在今江西北部。瀦：水積聚的地方。⑪介量：邊界和容量。⑫停蓄：深沉。淵深：淵博。⑬九嶷：山名，亦作九疑。在今湖南寧遠南。芊綿：草木繁密茂盛的樣子。⑭巫山：在今四川省境內。嵯峨：形容山勢高峻。⑮陽臺：山名，在今四川省境內。朝雲：早晨的雲。⑯靡曼綽約：纖弱柔美的樣子。⑰妍媚：美麗可愛。蔚紆：富有文采，文筆曲折。⑱沅：即沅江，發源於今貴州省，流經湖南省入洞庭湖。湘：即湘江，源出今廣西，經過湖南省，注入洞庭湖。⑲大夫：即屈原（約前三三九—約前二七八），戰國時期的楚國詩人、政治家。⑳妃子：劉向《列女傳》載：「有虞二妃，帝堯之二女也。長娥皇，次女英……。舜既嗣位，陞爲天子，娥皇爲後，女英爲妃。……舜陟方，死於蒼梧，號曰重華。二妃死於江湘之間，俗謂之湘君。」㉑竹上猶斑斑：晉張華《博物志·史補》載：「堯之二女，舜之二妃，曰湘夫人。舜崩，二妃啼，以涕揮竹，竹盡斑。」㉒魚腹之骨：指屈原和二妃的尸骨。㉓大梁：戰國時魏國都城，今河南開封。㉔楚漢：指秦漢之際，項羽、劉邦分據稱王的兩個政權。㉕項羽之喑嗚：《史記·淮陰侯列傳》載，韓信曾對劉邦說：「……然臣嘗事之，請言項王之爲人也。項王喑惡叱咤，千人皆廢，然不能任屬賢將，此特匹夫之勇耳。」喑嗚：怒喝。㉖高帝之謾罵：指漢高祖劉邦出身無賴，喜歡出口罵人。《史記》中多有記載。㉗龍門：司馬遷出生地。一說今山西河津，一說今陝西韓城北。㉘西使巴蜀：司馬遷曾奉使巴蜀。巴蜀：秦漢設巴蜀二郡，皆在今四川省。㉙躋：登。㉚講業：研習學業。齊魯：春秋時齊國的都城臨淄，魯國的都城曲阜，二地均在今山東省。㉛夫子：指孔子。遺風：孔子留傳下來的崇尚禮義之風。㉜鄉射：古代射箭飲酒的禮儀。鄉射有二，一是州長春秋於州序（州的學校）以禮會民習射，一是鄉大夫於三年大比貢士之後，鄉大夫、鄉老與鄉人習射。鄒嶧：山名，即今山東省鄒縣東南的嶧山。鄒縣是孟子的故鄉。㉝汶陽：地名，在今山東寧陽北。洙：水名，在今山東省，泗水的支流。㉞操觚：執簡，即寫作。觚，古代用來書寫的木簡。㉟紉綴：編組、掇拾，東拼西湊。腐熟：陳腐的思想和語言。㊱「昔公孫氏」句：唐代草書家張旭說：「始吾見公主擔夫爭路而得筆法之意，後見公孫氏舞劍而得其神。」公孫氏，唐開元年間有名的女舞蹈家，精於劍器渾脫舞，著名書法家張旭觀後，草書大有長進。見杜甫《觀公孫大娘弟子舞劍器行幷序》。㊲庖丁氏善操刀：《莊子·養生主》：「庖丁爲文惠君解牛，手之所觸，肩之所倚，足之所履，膝之所踦，砉然嚮然，奏刀騞然，莫不中音。」比喻經過反復實踐，掌握了事物的客觀規律，做事得心應手，運用自如。㊳吳越：指今江蘇、浙江一帶。㊴燕趙秦隴：指今河北、陝西、甘肅一帶，統指北方。

譯文

我的友人蓋邦式曾經對我說：「司馬遷文章的風格奇特雄偉，我決心學習《史記》的寫法，請你寫點這方面的見解送給我。」我說：「司馬遷的文章精髓不在書上，學它的人往往僅從他的《史記》中去探求，那麼終其一生也不能眞正知曉其新奇之處。我有一部《史記》，它就蘊藏在天下的名山大川、壯麗奇异的地方，如果您願意同我到四方游覽、參觀，大概就可以掌握它了。

「司馬遷平生喜愛游歷，當他年少自負的時候，游歷的足迹沒有一天停歇過。他這樣做，不衹是被奇景的异物驅使，而是要通過游遍天下的奇景壯觀來開闊胸襟，激發志氣，然後把自己的感受寫成文章。因此，現在我們從他的《史記》中進行考察，就可以發現他生平游歷所得，都在書中有具體的表現。比如他游歷南方，南渡淮河，沿長江而上，看狂瀾驚波，在陰風怒號中，往返奔騰縱橫撞擊，所以他的文章氣勢奔放，浩渺彌漫；他看到雲夢澤、洞庭湖、鄱陽湖的上空，水霧蒸騰，水天相連，渾然一體，溝通千山萬壑，無邊無際，因而他的文章含蓄豐厚，旨義深廣；他遠眺九嶷山，綿延逶迤，巫山高聳入雲，以及那朝雲繚繞的陽臺，暮靄沉沉的蒼梧，美麗綽約，姿態萬千，春天有如濃妝時的妖艷，秋天有如浴洗過的明凈，沒有固定的容態，所以他的文章文采豐美而又縝密曲折；他泛沅水、渡湘江，憑吊屈原的英魂，悼念湘妃的遺恨，凝視那竹上猶存的斑斑淚痕，不知道屈原和二妃的尸骨還完好嗎？所以他的文章感情悲憤，憂傷激越；他游歷北方，經過大梁的廢都，觀看當年楚漢相爭的古戰場，浮想中仿佛親眼看到了項羽的怒氣冲天，劉邦的破口謾罵，楚漢雙方的龍騰虎躍，千軍萬馬，大弓長戟，殺聲震天，地動山搖，所以他的文章雄勇猛健，讀來讓人膽戰心驚；他世世代代住

在龍門，懷念夏禹鑿山開河的偉功，奉命出使巴蜀，跨越劍閣險道，上有接天的石崖，卻無斧鑿的痕迹，所以他的文章就像懸崖峭壁那樣斬絕峻拔，使人難以攀登；他來到齊魯一帶的都城講習儒學，觀瞻孔子的遺風，饒有興趣地觀看儒生們按時習禮的盛況，徘徊在汶陽和洙、泗水的岸邊，所以他的文章典重溫雅，好似正人君子的儀容面貌。天地之間變化的萬物，大凡可以使人驚愕，使人快樂，使人憂傷，使人悲苦的，司馬遷全都把它們吸收來寫成文章，因此他的文章變化無常，風格多樣，如同自然中變化無窮的景象，現在從他的《史記》看來，難道不確實是這樣嗎！」

「我認爲要學司馬遷的文章，可以先學他的游歷觀察。如果不學習他通過游歷各地來求得文章的出類拔萃，而衹是拾取古書中的一些陳腐的思想和語言，這是一種平凡、陳舊的做法，是不可能得到好的效果的。從前公孫大娘擅長舞劍，學習書法的人從中獲得了啓示，因而過到出神入化的境界；庖丁擅長用刀，講究養生的人學習他的方法，從中領悟出了養生之道，這是達到了精妙的境界，事物本來就有不同類別，卻能相互感應、啓發的事例，原因就在於它們內在規律相同的緣故啊。現在天下的奇踪异觀，怎麼會與過去不同呢？你果眞能和我一起去游歷嗎？我想看到你能做到這一點呢。醉醺醺地端起酒杯，可以飽覽江南吳越的秀麗景色；拂劍長嘯，可以吸納燕趙秦隴的剛勁氣概，然後回來研文著述，那麼是您敬服司馬遷呢，還司馬遷敬服您呢？如果不這樣，僅抱着一大堆舊書殘卷，早晚吟誦，我不知道會有什麼收獲。」

程頤

作者簡介 程頤（一〇三三——一一〇七），北宋著名理學家，「洛學」創始人之一。字正叔，又稱伊川先生。河南洛陽人。二十七歲廷試落第後，屢薦不仕，於洛陽授徒。元祐元年（一〇八六）除秘書省校書郎，授崇政殿説書等。六十歲後曾兩度主管西京國子監，但又因黨派之爭兩次被貶流放。著有《程氏易傳》，與程顥著作合編為《二程全書》。

養魚記

題解 本文是作者二十二歲時所寫的一篇隨筆小文。表現了作者年輕時的志趣、理想和抱負。三十年後，作者重讀此文，遥想當年的情形，不禁感慨。又補題數句，以示「愧負初心」。

作者因「不忍」見「魚子」的「煦沫」，「因擇可生者」而養於池中。接着由觀魚聯想到古人的賢良政治，引出「聖人之仁，養物而不傷」的觀點。最後從魚兒而推及天下萬物，如都能各得其所，各遂其生，那麽，吾心之樂「宜何如哉」？這種普施萬物而各遂其性的快樂，作為一種體驗，表達了人與社會、自然和諧一致的社會道德理想。文章抒志言理，寓道於事，文字洗煉，行文自然流轉，優美而富有深趣。

原文 書齋之前有石盆池。家人買魚子食貓，見其煦沫也①，不忍，因擇可生者，得百餘，養其中。大者如指，細者如箸②。支頤而觀之者竟日③。始捨之，洋洋然④，魚之得其所也；終觀之，戚戚焉⑤，吾之感於中也。

吾讀古聖人書，觀古聖人之政禁⑥，數罟不得入洿池⑦，魚尾不盈尺不中殺，市不得鬻⑧，人不得食。聖人之仁，養物而不傷也如是。物獲如是，則吾人之樂其生，遂其性，宜何如哉？思是魚之於是時，寧有是困耶？推是魚，孰不可見耶？

魚乎！魚乎！細鉤密網，吾不得禁之於彼，炮燔咀嚼⑨，吾得免爾於此。吾知江海之大，足使爾遂其性，思置汝於彼，而未得其路，徒能以斗斛之水⑩，生汝之命。生汝誠吾心，汝得生已多，萬類天地中，吾心將奈何？魚乎！魚乎！感吾心之戚戚者，豈止魚而已乎？因作《養魚記》。至和甲午季夏記⑪。

注釋 ①煦沫：用唾沫互相濕潤，比喻不幸者互相扶持。《莊子·大宗師》：「泉涸，魚相與處於陸，相呴以濕，相濡以沫，不如相忘於江湖。」②箸：筷子。③頤：腮，下巴。④洋洋：得意舒緩的樣子。⑤戚戚：心有所感的樣子。⑥政禁：政府發布的有關施政的禁令。⑦數罟：細密的網，常用來捕捉小魚。古時候不允許用密網捕魚，不滿一尺的魚不得食用，意在保護魚類的生長繁殖。洿：低凹之地，亦指池塘。⑧鬻：賣。⑨炮：古代烹飪法的一種，以泥裹物而燒叫炮。燔：一種烹飪法，直接放在火上燒烤。⑩斗：方形量器，十升爲斗。斛：古代以十斗爲斛，南宋末年改爲五斗一斛。「斗斛之水」，這裏是極言其少。⑪至和：宋仁宗年號（一〇五四—一〇五六）。至和甲午即至和元年（一〇五四）。

譯文 書房的前面有個石盆式的水池。家人買來小魚養在水池中準備喂貓。我見到魚兒用唾沫互相濕潤，心裏很是不忍，於是挑選了其中能夠活的，有百餘條，放入池中。這些魚兒大的如手指粗，小的像筷子。我以手支頰觀賞了整整一天。起初，魚兒被放到池子裏，就搖尾游動起來，高興得到了安適的處所；看到後來，我的內心也不覺引起了觸動。

我閱讀古代聖人的書籍，看到他們有關施政的禁令，規定不能用細密的網撒向大湖深池，魚兒不足一尺不得捕殺，不準在市上出售，人們不準食用。聖人的仁愛之心，養物而不使它受到傷害就是這樣。生物能夠得到養育而不受傷害，那麼我們人類希望其生存，順遂其本性，應當怎麼辦呢？設想如果魚兒生活在「古聖人之政」的時代，又怎麼會陷入「呴沫」的困境呢？從這魚兒的情況推及於其它生物，又有什麼不能知道呢？

魚兒呀！魚兒呀！我不能阻止那些用細鉤密網捕殺你們的人，我卻可以使你們免受燒烤咀嚼的災難。我知道江湖的廣大，能夠滿足你們喜水的本性，很想把你們投放江湖之中，卻沒有找到辦法。祇能用斗斛的水，來延續你們的生命。讓你們生存下去實在是出於我的衷心，你們生存下來的已經很多。對於天地間的萬物，我的心裏又打算怎麼辦？魚兒呀！魚兒呀！使我內心受到感動的，又豈僅僅是魚而已呢？於是寫了這篇《養魚記》。至和元年六月記。

蘇轍

作者簡介

蘇轍（一〇三九—一一一二），北宋散文家。字子由，號潁濱，眉州眉山（今屬四川）人。宋仁宗嘉祐二年（一〇五七）進士。曾任大名府推官、中書舍人、尚書右丞、門下侍郎、大中大夫等職。晚年辭官居潁川（今河南許昌）。謚文定。著有《欒城集》。

蘇轍與其父蘇洵、兄蘇軾合稱「三蘇」，同屬「唐宋八大家」。其文學成就雖不及父兄，但也能獨立自樹而成一家，形成了汪洋澹泊，疏蕩紆折的文風。「蘇文定公之文，其鑱削之思或不如父，雄傑之氣或不如兄，然而沖和淡泊，遒逸疏宕……」（茅坤《潁濱文鈔引》、《唐宋八大家文鈔》）

上樞密韓太尉書①

題解 本文是蘇轍考中進士後寫給時任樞密使韓琦的一封信。蘇轍寫這封信的目的，是希望得到韓琦的接見。雖為干謁之作，卻無卑下諂媚之情。

作者開篇鮮明地提出了「養氣為文」的觀點，強調生活閱歷對作文養氣的重要。次敘自己欲博見聞、廣交游以養氣。連用一串排比，寫自己游歷天下，極儘自然山水之壯美，見到了歐陽修等天下人傑。結末從盡天下之觀處點出求見本意，既表達了對韓琦的景仰，又不顯得低聲下氣。文章以「轍生好文」始，以誠懇求教結尾，結構完整，條理清楚。文勢流暢婉轉，一唱三嘆，體現了作者紆徐婉曲、淡泊汪洋的獨特創作風格。

原文 太尉執事②：轍生好為文，思之至深。以為文者氣之所形③，然文不可以學而能，氣可以養而致。孟子曰：「吾善養吾浩然之氣④。」今觀其文章，寬厚宏博，充乎天地之間，稱其氣之小大。太史公行天下⑤，周覽四海名山大川，與燕、趙間豪俊交游⑥，故其文疏蕩⑦，頗有奇氣。此二子者，豈嘗執筆學為如此之文哉？其氣充乎其中而溢乎其貌，動乎其言而見乎其文，而不自知也。

轍生十有九年矣。其居家所與游者，不過其鄰里鄉黨之人，所見不過數百里之間，無高山大野可登覽以自廣。百氏之書⑧，雖無所不讀，然皆古人之陳迹，不足以激發其志氣。恐遂汩沒⑨，故決然捨去，求天下奇聞壯觀，以知天地之廣大。過秦、漢之故都⑩，恣觀終南、嵩、華之高⑪，北顧黃河之奔流，慨然想見古之豪傑。至京師，仰觀天子宮闕之壯，與倉廩、府庫、城池、苑囿之富且大也，而後知天下之巨麗。見翰林歐陽公⑫，聽其議論之宏辯，觀其容貌之秀偉，與其門人賢士大夫游，而後知天下之文章聚乎此也。太尉以才略冠天下，天下之所恃以無憂，四夷之所憚以不敢發⑬，入則周公、召公⑭，出則方叔、召虎⑮，而轍也未之見焉。

且夫人之學也，不志其大，雖多而何為？轍之來也，於山見終南、嵩、華之高，於水見黃河之大且深，於人見歐陽公，而猶以為未見太尉也。故願得觀賢人之光耀，聞一言以自壯，然後可以盡天下之大觀，而無憾者矣。

轍年少，未能通習吏事⑯。向之來，非有取於斗升之祿⑰，偶然得之，非其所樂。然幸得賜歸待選⑱，使得優游數年之間，將歸益治其文，且學為政。太尉苟以為可教而辱教之，又幸矣。

注釋 ①韓太尉：即韓琦（一〇〇八—一〇七五），字稚圭，相州安陽（今河南安陽）人，北宋著名的政治家，官至宰相。時任檢校太傅，充樞密使。②執事：侍從，指身邊的服務人員，這裏是對韓太尉的敬稱。舊時書信套語，表示尊敬對方，不敢直接稱呼對方，祇稱左右侍從之人。③文者氣之所形：「文氣說」在我國文學批評史上歷史悠久，曹丕《典論論文》：「文以氣爲主。」唐韓愈《答李翺書》：「氣，水也；言，浮物也，水大而物之浮者大小畢浮，氣盛則言之短長與聲之高下者皆宜。」這裏的氣指作者的內在氣質、精神等。④「吾善養」句：語見《孟子・公孫丑上》。浩然之氣，剛正博大的自然之氣。⑤太史公：指西漢歷史學家、文學家司馬遷。因曾任太史令（史官），故自稱太史公。《史記・五帝本紀》載太史公曰：「余嘗西至空峒，北至涿鹿，東漸於海，南浮江淮矣。」⑥燕、趙：戰國時北方兩個諸侯國，其地在今河北中、北部及山西中部、河北西南一帶，這裏泛指北方。⑦疏蕩：疏放而跌宕，指文章瀟灑而不拘束。⑧百氏之書：諸子百家的著作。⑨汩沒：沉沒，埋沒，指無所成就。⑩秦、漢之故都：秦都咸陽（今陝西咸陽市東）、西漢都長安（今陝西西安）、東漢都洛陽（今河南洛陽）。⑪終南：終南山，在今陝西省西安市西南。嵩：嵩山，在今河南省登封市西北。華：華山，在今陝西省華陰縣南。⑫翰林歐陽公：指歐陽修，他曾於宋仁宗至和元年（一〇五四）官翰林學士，嘉祐二年（一〇五七）以翰林學士權知貢舉。蘇氏兄弟於此年考中進士。⑬四夷：指東夷、南蠻、西戎、北狄，這是古代對中原以外四邊少數民族的蔑稱，此處主要指遼和西夏，當時是北宋西北邊境的主要威脅。宋仁宗康定元至慶曆三年（一〇四〇—一〇四三），韓琦與范仲淹經略陝西，阻止西夏的侵犯，時稱「韓范」。民間有「軍中有一韓，西賊聞之心膽寒。軍中有一范，西賊聞之驚破膽。」的諺語。憚：害怕，畏懼。⑭周公、召公：周公（姓姬名旦）、召公（姓姬名奭），曾輔佐武滅商開國，又輔佐成王定邦建業。⑮方叔、召虎：均爲周宣王時重臣。方叔曾征討荆蠻有功。召虎，召公的後代，曾擁立周宣王繼位，爲召穆公。征淮夷（居住於淮水一帶的少數民族）有功。此處指鎮守邊防的軍政長官。上兩句都是借周代名臣贊揚韓琦的將相之才。⑯吏事：做官的事務。⑰斗升之祿：微薄的俸祿，這裏指品級不高的官職。《漢書・梅福傳》：「民有上書求見者，輒使詣尚書，問其所言，言可采取者，秩以斗升之祿，賜以一束之帛。」斗、升，古代量器，比喻極少。⑱待選：被允許回家，等待朝廷的選拔。宋代進士中試後，須經過吏部考試才能授官。作者這裏是委婉之辭。蘇轍在中進士後又應制科，因對策直言時弊，得罪當道，被列爲下等，授商州軍事推官，不就。

【譯文】太尉執事：我生平喜歡寫文章，在這方面有過很深入的思考。我認爲文章是作者內在精神氣質的外在體現，然而文章不是單靠學習文辭就能寫好的，而人的精神氣質卻可以通過修養而完善。孟子說：「我善於培養我浩大的正氣。」現在閱讀他的文章，有一種寬厚宏博的氣勢，充塞於天地之間，同他的浩然正氣相稱合。太史公司馬遷周游天下，廣覽四海名山大川，與燕趙一帶的英豪俊杰交游，所以他的文章疏放不羈，有獨特的氣勢。這兩位先賢，難道是拿了筆曾經專門去學寫過這樣的文章嗎？這是因爲他們的內心充滿了博大的氣概，發於言語而表現爲文章，自己卻并沒有意識到。

我現在十九歲了。在家時，所交往的不過是鄰居同鄉這一類人，所看到的，不過是數百里之內的景物，沒有高山曠野可以登臨觀覽，以開闊自己的視野和胸襟。諸子百家的著作，雖然無所不讀，但那都是古人曾經有過的經歷和思想，不能激發自己的志氣。我擔心終竟一無所成，所以毅然離開家鄉，去探求天下的奇聞壯觀，以便了解天地的廣大。我經過秦朝、漢朝的故都，盡情觀覽終南山、嵩山、華山挺拔的氣勢，向北眺望黃河奔騰的急流，感慨萬千，想起了古代的英雄豪杰。到了京城，抬頭看到天子宮殿的壯麗氣勢，以及糧倉府庫、城池苑囿的宏富盛大的規模，這才知道天下的宏偉壯觀。我見到翰林學士歐陽公，聆聽了他宏大雄辯的議論，看到了他秀美奇偉的容貌，同他門下的名人賢士相識後，這才知道天下寫文章的高手都匯聚在這裏。太尉您以文才武略名冠天下，天下人依靠您而無憂無慮地生活，四方外族懼怕您而不敢侵犯。在朝廷之內像周公、召公一樣輔君有方，領兵出征像方叔、召虎一樣御侮立功，但我卻未能有幸一見。

況且一個人的學習，不是有志於大的方面，即使學得再多又有什麼用呢？我這次來京城有很多收獲：對於山，見識了終南山、嵩山和華山的高峻；對於水，看到了黃河的浩大與深廣；對於人，看到了歐陽公，但認爲還沒有見到太尉是一件憾事。所以希望能瞻仰您的豐采，親聆您哪怕一句話的教誨來激勵自己。這樣才算是完備地擁有了天下各方面的閱歷，就不會再有什麼遺憾了。

我年紀輕，還沒能夠通曉和熟習行政事務。才來京城，并不是有意於得到一官半職。偶然考中了并做了官，也不是自己喜歡的。然而有幸得到朝廷的恩賜，準我回鄉等待選拔，使我能夠有幾年空閑的時間利用，打算趁此更好地研習文章，并且學習從政之道。太尉您如果認爲我還可以教誨而屈尊教導我的話，就更令我感到榮幸了。

黃州快哉亭記

題解　本文是蘇轍於宋神宗元豐六年（一〇八三）因受「烏臺詩案」的牽連，被貶筠州時所作。其時蘇軾、張夢得都謫居黃州。

記文開頭從浩瀚的大江落筆，引出張夢得爲「觀覽江流之勝」而建亭，交待「快哉亭」的地理位置和命名的由來。接着描繪快哉亭周圍的壯闊景色，由山川形勝寫到歷史遺迹。又以張夢得雖遭貶官而「蓬户瓮牖，無所不快」發論，讚揚其不以貶謫爲意、超然物外的達觀情懷，表現了當時在政治上不得意文人的一種樂觀的人生態度。

全篇緊扣「快哉」二字，以情馭景，將寫景、記事與議論、抒情融爲一體，氣勢雄偉而結構嚴密，文思如潮而中心突出。句式奇偶相間，語言駢散結合，辭采絢爛，音節諧美，構成汪洋恣肆的文勢與雄勁清新的筆力。

原文

江出西陵[1]，始得平地，其流奔放肆大。南合沅、湘[2]，北合漢、沔[3]，其勢益張。至於赤壁之下[4]，波流浸灌，與海相若。清河張君夢得[5]，謫居齊安[6]，即其廬之西南爲亭，以覽觀江流之勝。而余兄子瞻名之曰「快哉」。

蓋亭之所見，南北百里，東西一舍[7]，波瀾洶湧，風雲開闔。晝則舟楫出沒於其前，夜則魚龍悲嘯於其下。變化倏忽，動心駭目，不可久視。今乃得玩之幾席之上[8]，舉目而足。西望武昌諸山[9]，岡陵起伏，草木行列，煙消日出，漁夫、樵父之舍，皆可指數，此其所以爲「快哉」者也。至於長洲之濱，故城之墟，曹孟德、孫仲謀之所睥睨[10]，周瑜、陸遜之所騁騖[11]，其流風遺迹，亦足以稱快世俗。

昔楚襄王從宋玉、景差於蘭臺之宮[12]，有風颯然至者，王披襟當之，曰：「快哉此風！寡人所與庶人共者耶？」宋玉曰：「此獨大王之雄風耳，庶人安得共之！」玉之言，蓋有諷焉。夫風無雄雌之异，而人有遇不遇之變。楚王之所以爲樂，與庶人之所以爲憂，此則人之變也，而風何與焉？士生於世，使其中不自得，將何往而非病[13]？使其中坦然不以物傷性，將何適而非快？今張君不以謫爲患，竊會計之餘功[14]，而自放山水之間，此其中宜有以過人者。將蓬戶甕牖[15]，無所不快，而況乎濯長江之清流，揖西山之白雲，窮耳目之勝以自適也

連山絕壑，
長林古木，
振之以清風，
照之以明月。

哉？不然，連山絕壑，長林古木，振之以清風，照之以明月，此皆騷人思士之所以悲傷憔悴而不能勝者，烏睹其爲快也哉⑯。

元豐六年十一月朔日⑰，趙郡蘇轍記⑱。

【注釋】①西陵：即西陵峽，長江三峽之一，在今湖北宜昌西北。②沅、湘：即沅江、湘江，湖南省的主要河流，北流入洞庭湖，注入長江。③漢、沔：即漢水，源出陝西省寧羌縣，初名漾水，東流經沔縣南，稱沔水，至漢中東行與褒水合流後稱漢水，東流至武漢市注入長江。④赤壁：赤壁磯，又名赤鼻磯，在今湖北黃岡，山形截然如壁而赤。⑤清河：郡名，今屬河北省。張君夢得：即張懷民，宋清河（今屬河北）人，貶官至黃州，與蘇軾有交游。⑥齊安：宋代郡名，即黃州，治所在今湖北黃岡。⑦舍：古代三十里爲一舍。《左傳·僖公二十三年》：晉公子重耳對楚子言：「晉、楚治兵，遇於中原，其辟君三舍。」賈逵注：「三舍，九十里也。」⑧幾席：幾和席，古人憑依、坐臥的器具。⑨武昌：今湖北鄂城。⑩曹孟德：曹操，字孟德，三國時軍閥，其子曹丕稱帝後，追尊他爲魏武帝。孫仲謀：孫權，字仲謀，三國時吳國的建立者。二人分別爲赤壁大戰時魏軍和吳軍的統帥。睥睨：斜着眼看，側目而視，此處有雄視爭奪之意。⑪周瑜：三國時東吳名將，字公瑾。曾於赤壁之戰中用火攻大敗曹軍。陸遜：字伯言，三國時吳國大將，曾擊破蜀軍於彝陵（今湖北宜昌）。馳騖：奔走，馳騁。⑫楚襄王：戰國時楚國之君，楚懷王之子，名橫，謚頃襄。宋玉：戰國時楚國大夫，屈原弟子，辭賦家。景差：戰國時楚國大夫，辭賦家。蘭臺：地名，戰國時楚國宮苑，在今湖北省鐘祥縣東。⑬病：痛苦，憂愁。⑭會計：掌管錢財穀物等工作。⑮蓬戶瓮牖：用蓬草編成的門，以破瓮作爲窗戶。形容居室簡陋，生活窮困。⑯烏：怎，哪裏。⑰元豐：宋神宗年號。元豐六年即公元一〇八三年。朔日：陰曆初一。⑱趙郡：蘇轍的先世爲趙郡欒城（今屬河北）人。

【譯文】長江從西陵峽流出，開始進入平地，它的水勢便變得奔放浩大。南邊與沅水、湘水合流，北邊與漢水、沔水匯聚，水勢顯得更加壯闊。到了赤壁之下，江流浩蕩，猶如無際的大海。清河張夢得君，貶官後居住在齊安，在靠近他住所的西南方修建了一座亭子，用來觀賞長江的勝景。而我的哥哥子瞻給這座亭子起名叫「快哉」。

從亭子裏遠眺，能看到長江南北上百里、東西三十里。波濤洶涌，風雲開闔多變。白天船隻在亭前往來如梭，夜晚則有魚龍在亭下悲鳴。景色瞬息萬變，動人心魄，驚人眼目，令人不敢長時間的觀賞。現在我能在亭中的几案座席旁賞玩這些景色，抬眼便可飽覽風光。向西眺望武昌的群山，山巒蜿蜒起伏，草木排列成行，當煙雲消散、陽光升起時，漁夫、樵夫的房舍都歷歷可數，這就是把亭子命名爲「快哉」的緣故。至於那長長的沙洲的岸邊，故城的廢墟，既是曹孟德、孫仲謀傲視爭奪的地方，也是周瑜、陸遜率兵馳騁的場所，回想起他們的往日風采，遠眺他們舊時的遺迹，確實讓世俗之人稱快。

從前，楚襄王讓宋玉、景差跟隨着游蘭臺宮，一陣風吹來，颯颯作響，楚王敞開衣襟迎着風，說：「這風吹得眞令人暢快啊！我和百姓能共同享有的吧？」宋玉說：「這風衹是大王專有的雄風，百姓怎麼能和你共同享受它呢！」宋玉的話大概有諷喻的意味吧。風并沒有雄雌的區別，而人卻有得意與不得意的差別。楚王之所以感到快樂，而百姓之所以感到憂愁，正是由於人們的境遇不同，跟風又有什麼關係呢？士人生活在世上，假使心中不坦然，到哪裏沒有憂愁？假使胸懷坦蕩，不因爲外界的影響而妨害自己的性情，到哪裏沒有歡樂呢？現在，張君不因爲貶官而憂愁，在處理完錢財穀物等公務之後，便任情漫游山水之間，這大概是因爲他的心胸有超過常人的地方。即使是用蓬草編門，破瓦片做窗，他生活在這種貧困的環境中，也不會有不快樂的事情，更何況在清澈的長江中洗滌，面對着西山的白雲，讓耳目盡情地飽覽美景以求安適快樂呢？如果不是這樣，連綿的峰巒，深陡的溝壑，遼闊的森林，參天的古木，清風拂搖，明月高照，這些都會成爲失意文人感到悲傷憔悴以至難以承受的的景物，哪裏看得出它們能使人快樂的地方。

元豐六年十一月初一，趙郡蘇轍記。

武昌九曲亭記[1]

題解 宋神宗元豐五年（一〇八二），蘇轍前往探望謫居在黃州三年的蘇軾，弟兄二人同游武昌西山，賦詩作文。《武昌九曲亭記》即是其中之一。文章通過記述西山秀美的景物和人物游山的樂趣，反映了作者「適意為悅」的達觀思想。

文章首段描繪武昌諸山的幽美清寂，敘寫蘇軾游山的情景。接着記述子瞻擴建九曲亭的經過，抒寫作者從子瞻登山涉水游覽的快樂，在對往事的追憶中，點出「蓋天下之樂無窮，而以適意為悅」的主旨。最後又由寫景敘事轉入議論，以富於哲理性的議論結尾。全文構思巧妙，以「樂」為主旨，曲折盡致，敘事繪景雍容典重，寫人議論涉筆成趣，顯示了作者用筆簡潔和高超的藝術技巧。

原文 子瞻遷於齊安[2]，廬於江上[3]。齊安無名山，而江之南武昌諸山，陂陁蔓延[4]，澗谷深密，中有浮圖精舍[5]，西曰西山，東曰寒溪。依山臨壑，隱蔽松櫪[6]，蕭然絕俗，車馬之迹不至。每風止日出，江水伏息，子瞻杖策載酒[7]，乘漁舟，亂流而南。山中有二三子，好客而喜游。聞子瞻至，幅巾迎笑[8]，相攜徜徉而上[9]。窮山之深，力極而息，掃葉席草，酌酒相勞，意適忘反。往往留宿於山上。以此居齊安三年，不知其久也。

然將適西山，行於松柏之間，羊腸九曲，而獲小平，游者至此必息。倚怪石，蔭茂木，俯視大江，仰瞻陵阜[10]，旁矚溪谷，風雲變化，林麓向背，皆效於左右。有廢亭焉，其遺址甚狹，不足以席衆客。其旁古木數十，其大皆百圍千尺，不可加以斤斧。子瞻每至其下，輒睥睨終日⑪。一旦大風雷雨，拔去其一，斥其所據，亭得以廣。子瞻與客入山視之，笑曰：「茲欲以成吾亭邪？」遂相與營之。亭成，而西山之勝始具。子瞻於是最樂。

昔余少年，從子瞻游。有山可登，有水可浮，子瞻未始不褰裳先之⑫。有不得至，爲之悵然移日。至其翩然獨往，逍遙泉石之上，擷林卉⑬，拾澗實⑭，酌水而飲之，見者以爲仙也。蓋天下之樂無窮，而以適意爲悅。方其得意，萬物無以易之；及其既厭，未有不灑然自笑者也⑮。譬之飲食，雜陳於前，要之一飽，而同委於臭腐。夫孰知得失之所在？惟其無愧於中，無責於外，而姑寓焉。此子瞻之所以有樂於是也。

注釋 ①武昌，今湖北鄂州市。②子瞻：蘇軾，字子瞻。遷：這裏是貶謫的意思。齊安：即黄州，古郡名，治所在今湖北黄岡。③廬於江上：蘇軾因反對王安石變法，有人告發他作詩文「訕謗朝廷」，被貶謫黄州，充黄州團練副使。第二年，蘇軾由定惠院遷居臨皋亭，地點靠近江邊，故有此說。廬，村房或草屋，這裏指建屋，用作動詞。④陂陁蔓延：山勢起伏，連綿不斷的樣子。陂陁，傾斜不平。⑤浮圖：梵語音譯，對佛或佛教徒的稱呼，也作「浮屠」、「佛圖」。精舍：即僧舍，修行人所住的屋子。⑥櫪：古同「櫟」，落葉喬木，葉可飼蠶，花黄褐色，果實稱橡子。⑦杖策：拄着木杖。杖，這裏作動詞用，拄着。策，手杖。⑧幅巾：古代男子以絹裹頭，不戴帽子，以示儒雅不俗。⑨徜徉：自由自在、無拘無束的樣子。⑩陵阜：高山。阜，土山。⑪睥睨：斜着眼睛看。這裏是觀察的意思。⑫褰裳：把衣裳提起來。裳，指下衣。⑬擷：采摘。卉：草的總稱。⑭澗實：落在山澗的果子。⑮灑然：吃驚的樣子。

譯文 子瞻被貶到齊安，在長江邊上建房居住。齊安沒有名山，而長江南岸武昌衆山，高低起伏，連綿不斷，山谷曲折幽深。裏面有佛寺僧舍，西邊的叫西山寺，東邊的叫寒溪寺。佛寺屋舍背倚青山，面臨山溝，隱蔽在茂密的松樹櫪樹叢中，清靜僻遠，與塵俗隔絕，見不到車馬的喧囂和來人的足迹。每當風和日麗，江面波平浪靜的時候，子瞻就拄着竹杖，裝載着美酒食，乘坐漁船，橫渡長江到南山而來。山中有兩三個人，熱情好客，又喜游山水。聽說子瞻到了，都裹着頭巾，歡笑着迎上來，然後攜手同行。大家一面游賞一面登山，一直走到深山盡處，大家都筋疲力盡了才停下歇息，掃去落葉，坐在草地上，彼此舉起酒杯，互相問候，心舒意暢以至忘記了回去。因此常常就留宿在山上。因爲有這樣暢快的生活，所以子瞻雖然在齊安住了三年，也不覺得時間過得很久。

然而要到西山，就要從長着青松、翠柏的林子裏經過。走過彎彎曲曲的羊腸山路，才會見到比較平坦的地方，游人到了這一定要歇息一會兒。大家倚靠在嶙峋怪石上，坐在茂密的林蔭下，向下可以看到浩蕩的大江，向上可仰望巍巍高山，從旁邊可以觀看溪流、幽谷，風雲千變萬化，樹林山腳正面、背面的種種景象，都在人們面前呈現出來。平地上有一座破舊的亭子，亭的地基非常狹小，容不下許多游客。亭子旁有幾十棵古木，都有百圍粗、千尺高，不能用刀斧來砍伐。子瞻每次來到樹下，就歪着頭觀察它們很久。有一天刮大風，打雷下雨，其中一棵古木被連根拔倒，子瞻趁機將那長樹的地方收拾平整，舊亭才能夠擴建。子瞻與朋友們進山看了看，相視而笑，說道：「這大概是想成全我們重修亭臺的願望吧？」於是大家一起重修了一座新亭子。亭子建成後，西山的勝景才算完備了。子瞻對此極爲高興。

從前，我年輕時跟着子瞻游覽各地。遇山就登山，遇水就泛舟，子瞻總是提起衣襟走在我前面。有不能到達的地方，子瞻總是爲這事成天不愉快。當他一個人輕鬆自在地獨自去游玩時，常悠閑自在地在坐在泉水邊、山石上，采摘樹林中的山花野草，拾取山溝中的果子，從溪中舀水來喝，看到他這種樣子的人往往把他當成神仙。其實天下快樂的事無窮無盡，而以使人心情暢快的事最叫人喜愛。當人稱心如意的時候，任何事物都不能代替它；到了厭倦的時候，沒有不感到吃驚而自我嘲笑的。譬如飲食，各種美味佳肴雜亂地擺在面前，不過是一飽肚腹，最後都要變成腐臭的東西，有誰還會知道哪些東西該吃，哪些東西不該吃？衹要自己心中不覺得慚愧，又不受外人譴責，就姑且把心思寄托在這山林之間吧。這就是子瞻在這裏感到快樂的原因。

東軒記

題解 本文作於蘇轍貶官筠州時期。文章首先寫東軒的建造經過，繼寫終日忙碌、「筋力疲廢」的小吏生活，再從東軒的簡陋日子聯想到顏回的苦學生活，以自己的「勤勞鹽酒」與顏淵的「簞食瓢飲」相比，以東軒與陋巷相比，抒發其政治失意後的複雜矛盾心情。最後敘寫將來脫離官場、「歸伏田里」的殷切希望。全文紆曲委婉，語言平易樸實，但字字酸楚，極盡抑鬱頓挫之致，寫出了作者被貶後的處境及由消沈、憤懣而尋求解脫的心路歷程。

原文 余既以罪謫監筠州鹽酒稅①，未至，大雨，筠水泛溢，蔑南市②，登北岸，敗刺史府門。鹽酒稅治舍③，俯江之濆④，水患尤甚。既至，敝不可處。乃告於郡，假部使者府以居⑤。郡憐其無歸也，許之。歲十二月，乃克支其欹斜⑥，補其圮缺⑦，辟廳事堂之東爲軒，種杉二本，竹百個，以爲宴休之所。然鹽酒稅舊以三吏共事，余至，其二人者，適皆罷去，事委於一⑧。晝則坐市區鬻鹽、沽酒，稅豚魚⑨，與市人爭尋尺以自效⑩。莫歸⑪，筋力疲廢，輒昏然就睡，不知夜之既旦。旦則復出營職，終不能安於所謂東軒者。每旦暮出入其旁，顧之，未嘗不啞然自笑也。

余昔少年讀書，竊嘗怪顏子簞食瓢飲，居於陋巷，人不堪其憂，顏子不改其樂⑫。私以爲雖不欲仕，然抱關擊柝⑬，尚可自養，而不害於學何至困辱貧窶自苦如此⑭。及來筠州，勤勞鹽米之間，無一日之休。雖欲棄塵垢⑮，解羈縶⑯，自放於道德之場，而事每劫而留之，然後知顏子之所以甘心貧賤，不肯求斗升之祿以自給者⑰，良以其害於學故也⑱。

嗟夫⑲！士方其未聞大道，沉酣勢利，以玉帛子女自厚⑳，自以爲樂矣。及其循理以求道，落其華而收其實㉑，從容自得，不知夫天地之爲大與死生之爲變，而況其下者乎！故其樂也，足以易窮餓而不怨，雖南面之王不能加之㉒，蓋非有德不能任也㉓。余方區區欲磨洗濁汙㉔，晞聖賢之萬一㉕，自視缺然，而欲庶幾顏氏之樂㉖，宜其不可得哉！若夫孔子周行天下，高爲魯司寇㉗，下爲乘田委吏㉘，惟其所遇，無所不可。彼蓋達者之事，而非學者之所望也。餘旣以譴來此，雖知桎梏之害而勢不得去㉙，獨幸歲月之久，世或哀而憐之，使得歸休田里，治先人之敝廬，爲環堵之室而居之㉚。然後追求顏氏之樂，懷思東軒，優游以忘其老。然而非所敢望也。

元豐三年十二月初八日㉛，眉山蘇轍記。

注釋

①筠州：治所在今江西高安。監鹽酒稅：監管鹽酒稅務的官吏。②蔑：沒有。這裏指淹沒。③治舍：指鹽酒稅公所的屋舍。④俯：臨近。漘：水邊，也指臨水的山崖。⑤部：衙署。⑥克：能。欹：傾側。⑦圮：倒塌。⑧委：派。⑨鬻：賣。⑩尋：古時八尺爲一尋。尋尺即比喻微少。⑪莫：同「暮」。⑫「竊嘗怪顏子簞食瓢飲」以下四句：《論語・雍也》：「子曰：『賢哉回也，一簞食，一瓢飲，在陋巷，人不堪其憂，回也不改其樂。』」顏子，孔子的弟子顏回。簞，盛飯用的竹器。⑬抱關：門卒。柝：古代打更用的梆子。⑭窶：貧窮，貧寒。⑮塵垢：比喻塵世的喧囂和污穢。⑯羈縶：束縛。羈，馬籠頭。縶，馬繮繩。⑰斗升之祿：指薪俸微薄的小官。⑱良：副詞，表示程度之深，的確。⑲嗟夫：感嘆詞，唉。⑳玉帛：這裏代指財富。子女：這裏代指傭人。㉑華：同「花」。㉒南面之王：指帝王。古代以坐北朝南爲尊位。㉓蓋：副詞，表示判斷或原因，原來。㉔區區：誠意，專一。㉕晞：仰慕，希望。㉖庶幾：副詞，表示某種可能，也許。㉗司寇：官名，掌管全國刑獄，春秋時各國均設司寇。魯定公十四年（公元前四九五），孔子任魯國司寇。㉘乘田：春秋時魯國管理畜牧的官員。委吏：古代掌管倉庫的官員。㉙桎梏：腳鐐手銬，這裏指束縛。㉚環堵：四堵牆。這裏形容居室簡陋，一無所有。㉛元豐三年：即公元一〇八〇年。元豐，宋神宗趙頊年號（一〇七八—一〇八五）。

譯文

我因爲獲罪被貶爲監筠州鹽酒稅，還沒到任，筠州就連降暴雨，洪水泛濫成災，淹沒了南市，漫上了北岸，冲壞了州府大門。鹽酒稅的官舍下臨錦江之濱，水災尤其嚴重。我到任以後，看到官舍破敗不堪，根本無法居住。於是向州府報告，請求借用戶部巡察使衙門暫住。郡府長官同情我無安身之處，就答應了我的請求。直到本年十二月，才開始對官舍加以修整，把傾斜的地方支撐正直，將塌壞缺損的牆修補好，又在辦公廳堂的東邊開辟出一塊地方，建起一間有平臺的小房子，栽了兩株杉樹，一百多根翠竹，作爲宴請賓客和自已休閑的場所。可是鹽酒稅本是三個人一起幹的事，我到任的時候，另外兩個人正好都免職走了，各種公務便都落在我一個人身上。白天守在市場上，賣鹽沽酒，收豬稅魚稅，和商人斤斤計較，討價還價，來完成自己的事務。晚上回來，已經筋疲力盡，筋骨酸痛，昏昏沉沉地倒頭便睡，不知不覺天就亮了。早晨又出去幹自已的差事，始終不能在叫東軒的小房子裏安心休息一下。每天早晚從它旁邊經過，看看它，沒有一次不獨自苦笑幾聲的。

從前，我小的時候讀書，私下曾經奇怪顔回爲什麼要用竹器盛飯，用葫蘆瓢飲水，住在簡陋的小巷裏，別人都忍受不了這種困苦，顔回卻怡然自樂。我私下認爲顔回即使不想從政做官，但是去做點看門打更的小差事，也可以自己養活自己，而且還不妨礙學習，何至於困苦屈辱、貧賤寒酸到這種地步，這樣折磨自已呢？當我來到筠州以後，每天在油鹽柴米之間辛勤奔走，沒有一天休息的時間。雖然很想丟開塵世的污垢，擺脫雜務的束縛，無牽無挂地致力於修身養性的道德領域，但是往往被繁雜的事務纏繞住而身不由己。然後才理解了顔回之所以甘心貧賤，不肯謀求一斗一升的薪祿來養活自己的原因，實在是因爲這樣的處境對治學是有害的緣故啊。

唉！一個人當他還沒有最高生活理想的時候，就會沉醉在權勢利益之中，用財富和奴僕給自已提供優厚的生活享受，并以此爲樂趣。而當他遵行事物的規律去尋求生活的眞理時就能擺脫虛華而追求眞正的人生。那時就會從容自得，連天地的大小和生死的變化都置之不顧，更何況其他事情呢！因此，這種精神樂趣足以用貧窮饑餓去交換而決不抱怨，即使讓他南面稱王他也不會接受。看來，這種樂趣非有很高的道德修養是不能享受的。我現在正誠心誠意地去想磨洗掉精神上的污垢，仰慕聖賢道德的萬分之一，但是明明看到自已有很多缺陷，卻又想或許能享受到顔回那種樂趣，這理應是辦不到的呀！至於孔子一生周游天下，高可以做魯國的司寇，低可以做管理畜牧、倉庫的小官，碰到什麼算什麼，沒有什麼不能做的。那本是洞曉事理的人做的事情，而不是初學者所敢希望的。我已經因罪來到這裏，雖然知道有束縛手腳、身不由已的害處，而客觀形勢卻不允許我離開；我衹希望天長日久之後，社會上的人也許會哀憐我，讓我退休回到家鄉，修理一下先人留下的幾間破房，收拾一間衹有四堵擋風牆的屋子來栖身。然後一心追求顔回安貧樂道的志趣，再回頭想想這裏的東軒，優哉游哉，其樂無窮，以至不知自已已到垂暮之年，可這也不是我所敢奢望的。

元豐三年十二月初八日，眉山人蘇轍作記。

孟德傳①

題解 這是篇傳奇人物傳記。文章通過退伍士兵孟德休妻、拋子，逃至深山，食草根木實，不畏猛獸侵襲，反而能從精神上懾服猛獸等情節，塑造了一個「神勇」的英雄形象，歌頌一種無私無畏、胸懷坦蕩的浩然正氣，同時也寄寓作者自己在宦海浮沈中「無所顧」的淡泊情操。

文章通篇圍繞一個「奇」字運筆，先敘後議，首尾完整，活畫出人物的奇性、奇行、奇遇，敘事簡潔而形象鮮明，論述精煉而寄意深刻。其間描繪猛獸搏人的細節，聲形兼備，生動逼真。

原文 孟德者，神勇之退卒也②。少而好山林，既爲兵，不獲如志。嘉祐中③，戍秦州④。秦中多名山，德出其妻⑤，以其子與人，而逃之華山下⑥，以其衣易一刀十餅，攜以入山。自念：吾禁軍也⑦，今至此，擒亦死，無食亦死，遇虎狼毒蛇亦死。此三死者，吾不復恤矣⑧！惟山之深者往焉。食其餅既盡，取草根木實食之，一日十病十愈，吐利脹懣⑨，無所不至。既數月，安之如食五穀。以此入山二年而不饑。然遇猛獸者數矣，亦輒不死，德之言曰：「凡猛獸類能識人氣，未至百步，輒伏而號，其聲震山谷，德以不顧死，未嘗爲動，須臾，奮躍如將搏焉。不

至十數步則止而坐，逡巡弭耳而去⑩。試之，前後如一。」

後至商州⑪，不知其商州也，爲候者所執⑫。德自分死矣。知商州宋孝孫謂之曰：「吾視汝非惡人也，類有道者。」德具道本末，乃使爲自告者，置之秦州。張公安道⑬，適知秦州，德稱病得除兵籍爲民。至今往來諸山中，亦無他异能。

夫孟德，可謂有道者也！世之君子，皆有所顧，故有所畏，有所慕，慕與畏交於胸中，未必用也；而其色見於面顔，人望而知之。故弱者見侮，強者見笑，未有特立於世者也⑭。今孟德其中無所顧，其浩然之氣，發越於外；不自見而物見之矣。推此道也，雖列於天地可也。曾何猛獸之足道哉⑮？

注釋 ①本文選自《欒城集》前集卷二十五。蘇軾有《書〈孟德傳〉後》。②神勇：禁軍神武營（宋代軍隊大體分爲三個部分：一是守衛京城的禁軍，一是駐守各州地方的廂軍；一是從百姓中按戶口選拔或臨時招募加以訓練的士兵。神勇屬於禁軍的一支），平時戍京師，有邊警時戍邊。③嘉祐：宋仁宗年號（一〇五六—一〇六三）。④秦州：宋代秦州轄地，主要在今陝西、甘肅兩省交界之地，治所在成紀（今甘肅天水市）。⑤出其妻：遺弃自己的妻子。⑥華山：山名，又名太華山，在今陝西渭南東南，五嶽之一。⑦禁軍：古代稱保衛京城或宮廷的軍隊，宋代亦指由中央直接掌握的正規軍，除防守京師外，并分番調戍各地。⑧恤：擔憂，憂念。⑨利：同「痢」，泄瀉。

⑩逡巡：徘徊不定、進退不決的樣子。弭耳：耷拉着耳朵，畏服順從的樣子，形容動物搏殺前斂抑之貌。虎貌等猛獸向人進攻時，總是豎起耳朵，「弭耳」表示威風已盡。⑪商州：州名。治所在上洛（今陝西商縣）。⑫候者：負責偵察的軍候。⑬張公安道：即張方平（一〇〇七—一〇九一），字安道，號樂全居士，應天宋城（今河南商丘）人。歷任翰林學士、端明殿學士、御史中丞、工部尚書、禮部尚書等職。與子由弟兄二人均甚友好，多有唱和之詩記其交往。⑭特立：卓然樹立，不同一般。⑮曾：副詞，加強語氣。

譯文

孟德，是禁軍神勇營的退伍士兵。年輕的時候就喜歡在山林中自由地生活。被徵募當了禁兵之後，無法再得到他所向往的那種山林自由生活了。宋仁宗嘉祐年間，神武軍被派到秦州駐防。陝西關中一帶有很多著名的大山，孟德心神向往，終於下決心休掉妻子，把兒子也送給別人撫養，私自脫離軍隊逃到華山腳下，用隨身的衣服換了一把刀和十個面餅，就祇身進入了深山。他自己心中掂量：「我本是禁軍士兵，如今私自潛逃到了這裏，被官府捉住也是死，弄不到吃的也祇有餓死，遇到虎狼毒蛇也是死。這三種死法，說到底都不過是死而已，我也不再憂慮了！於是，他不辨東南西北，祇朝着山的深處走去。不久，他帶的餅吃完了，就隨地采集草根樹果來吃，由於飲食不調，他往往一天要病十次，嘔吐、下痢、腹脹、胸悶，眞可以說各種各樣的折磨都受盡了。過了幾個月以後，他卻慢慢適應了，吃草根野果也如吃五穀雜糧一樣平安無事。因此孟德進山兩年竟然

沒有餓死。多次遇到猛獸，卻也能安全脫身，用孟德自已的話說：「所有的猛獸好像都能識別人身上的氣味，離人尚有百步之遠，就往往會伏在地上號叫，那嚇人的聲音在山谷中震得嗡嗡直響，我因爲不怕死，所以從來不被猛獸的號叫所嚇住。人獸對峙一會兒之後，猛獸往往會奮力騰躍撲跳，好像馬上要撲過來把人搏擊而死。可是，到離人還有十幾步的地方，他就會停下來蹲着不動，顯出進退不定、徘徊不決的樣子，最後終於垂下兩耳威風盡斂地掉頭離去。我曾經多次試驗，觀察猛獸的反應，前後所得的結果都是完全一樣的。」

後來，孟德走出深山，來到華山以南的商州，他自已卻不知道這是駐有重兵的商州，結果被巡邏的哨兵抓住，孟德自料這一次肯定是必死無疑了。慶幸的是，當時任商州知事的宋孝孫是位很開明的人士，他對孟德說：「我看你不像是壞人，卻像那種有見識的隱士，你應該把眞情都講出來。」孟德說出了事情的始末，宋知州很同情他，把他作爲主動自首的人送回到秦州。張安道恰巧在秦州主持州政，又設法爲孟德開脫，讓他自稱有病，按法規給他辦理了正式退伍的手續，使之復員爲民。直到現在，孟德還是經常來往於各處名山之中，逍遙自在，但也沒有發現他有其他什麼特殊的本領。

孟德這個人，可以說是眞正有見識的人啊！世上許多有地位的人物，私心中都有所眷戀和個人的希求，所以，一方面，他們對有些東西極爲羨慕而追求不遺餘力；另一方面，則對有些事物極爲畏懼而避之唯恐不及。這種一方面羨慕某些東西、又一方面畏懼某些事物的矛盾心理交織在一個人

心中，對他本人雖不一定馬上產生什麼作用或後果，但是，他內心的羨慕或畏懼的感情都不可避免地要在表面的神色中反映出來，明眼人一看就能知道他在想些什麼。因此，懦弱的人往往會被人欺侮，而強悍有力的人則不免受人譏笑，沒有一個人是能超凡脫俗而獨立於世的。現在來看，孟德眞正是那種內心無所眷戀無個人希求的人，他連對死亡也無所畏懼。所以，他胸中的剛直正大、堅忍無畏的力量自然發泄出來，雖然他本人還沒有自覺地意識到這一點，卻連猛獸之類都感覺到了他身上的威力而不敢侵犯。如果人都能自覺地推廣發揚這種正大剛直、堅忍無畏的精神，那麼，即使是和天地并立、永垂不朽也是完全可以做到的。至於幾頭猛獸，又有什麼值得畏懼和議論的呢？

子瞻和陶淵明詩集引①

題解 蘇軾晚年貶謫儋州時，由於生活思想的變化，對陶淵明平淡沖和的詩風更加推崇。於是在原來的基礎上，又寫了大量的和陶詩。這是蘇轍爲蘇軾和陶淵明詩集所作的序。

序文對蘇軾在儋州的生活情形、思想狀況以及詩歌創作進行了精當的介紹和評價，揭示了陶詩質而實綺，癯而實腴的美學特徵。推崇蘇軾對世俗的榮辱苦樂不介於胸的曠達和窮而愈工、老而彌篤的創作精神。文章寓摯情於平淡之中，寄精論於自然之外。雖着墨不多，但蘇軾晚年遠謫海南時的生活情狀及音容神態，躍然紙上。

原文 東坡先生謫居儋耳②，置家羅浮之下③，獨與幼子過負擔渡海④。葺茅竹而居之⑤，日啖荼芋⑥，而華屋玉食之念不存在於胸中。平生無所嗜好，以圖史爲園囿⑦，文章爲鼓吹⑧，至此亦皆罷去。獨喜爲詩，精深華妙，不見老人衰憊之氣。

是時，轍亦遷海康⑨，書來告曰：「古之詩人有擬古之作矣，未有追和古人者也。追和古人，則始於東坡。吾於詩人，無所甚好，獨好淵明之詩。淵明作詩不多，然其詩質而實綺，癯而實腴⑩，自曹、劉、鮑、謝、李、杜諸人皆莫及也⑪。吾前後和其詩凡百數十篇，至其得意，自謂不甚愧淵明。今將集而并錄之，以遺後之君子，子爲我志之。然吾於淵明，豈獨好其詩也哉？如其爲人，實有感焉。淵明臨終，疏告儼等⑫：『吾少而窮苦，每以家貧，東西游走。性剛才拙，與物多忤，自量爲己必貽俗患，黽勉辭世，使汝等幼而饑寒⑬。』淵明此語，蓋實錄也。吾今眞有此病而不早自知，半生出仕，以犯世患，此所以深服淵明，欲以晚節師範其萬一也⑭。」

嗟夫！淵明不肯爲五斗米一束帶見鄉里小人⑮，而子瞻出仕三十餘年，爲獄吏所折困，終不能悛，以陷於大難，乃欲以桑榆之末景⑯，自托於淵明，其誰肯信之？雖然，子瞻之仕，其出入進退，猶可考也。後之君子，其必在以處之矣。孔子曰：「述而不作，信而好古，竊比我老彭⑰。」孟子曰：「曾子、子思同道⑱。」區區之迹，蓋未足以論士也。

轍少而無師，子瞻既冠而學成，先君命轍師焉⑲。子瞻嘗稱轍詩有古人之風，自以爲不若也。然自其斥居東坡，其學日進，沛然如川之方至⑳。其詩比杜子美、李太白爲有餘，遂與淵明比。轍雖馳驟從之，常出其後。其和淵明，轍繼之者亦一二焉。

紹聖四年十二月十九日，海康城南東齋引。

注釋 ①引：文體名，唐以後始有此體，大略如序。蘇洵的父親叫蘇序，所以蘇洵文諱「序」爲引，蘇轍此文亦以引代序。陶淵明：（三六五—四二七），字元亮，潯陽柴桑（今江西九江）人，晉末宋初著名詩人。蘇軾追和陶詩一百零九首（其中有幾首追和的是江淹仿陶的詩作）。②東坡：原爲地名，在湖北黃岡縣東，蘇軾元豐間貶爲黃州團練副使，築室於此，以「東坡居士」自號。此指蘇軾。儋耳：漢時郡名，唐時改爲儋州，治所在今廣東省海南島儋縣，蘇軾於宋哲宗紹聖四年（一〇九七）貶爲瓊州別駕，是年七月至儋州，直至元符三年（一一〇〇）始離瓊州。③羅浮：羅浮山，位於廣東省增城、博羅兩縣之間。④過：即蘇過（一〇七二—一一二四），字叔黨，蘇軾少

子。元祐七年（一〇九二）任右承郎。紹聖四年，蘇軾謫南海，蘇過隨行奉侍。⑤葺：用茅草蓋屋。⑥啖：吃。荼：古書上說的一種苦菜。芋：芋頭。⑦圖史：地理著作和歷史著作。園圃：養育花木、鳥獸，供人玩賞的地方。⑧鼓吹：古代的一種器樂合奏，即「鼓吹樂」。這裏代指音樂。⑨海康：今廣東省縣名，宋時爲雷州治所。⑩癯：清瘦。腴：豐厚。⑪曹、劉：指曹操父子和劉楨。這裏代指建安詩人。鮑、謝：南朝詩人鮑照和謝朓。李、杜：指唐代詩人李白和杜甫。⑫儼：指陶淵明的兒子陶儼。⑬「吾少而窮苦」八句：見陶淵明《與子儼等疏》。忤，抵觸。黽勉，勉力。⑭師範：本謂學習的榜樣，這裏指效法。⑮「淵明不肯」句：見《晉書·陶潛傳》。陶淵明迫於生計，曾爲彭澤令。「歲終，會郡遣督郵至。縣吏請曰：『應束帶見之。』淵明嘆曰：『我豈能爲五斗米，折腰向鄉里小兒？』即日解綬歸職，賦《歸去來》。」⑯桑榆：夕陽的餘輝照在桑榆樹梢上。後借指落日餘光處，也比喻人的晚年。《後漢書·馮异傳》：「始雖垂翅回溪，終能奮翼黽池，可謂失之東隅，收之桑榆。」⑰「述而」三句：語出《論語·述而》。老彭，人名，說法不一，應是與孔子志趣相同的人。⑱「曾子」句：語出《孟子·離婁下》。曾子，春秋時魯國武城人，名參，字子輿，孔子弟子。子思，姓孔名伋，孔子之孫，相傳曾受業於曾子。⑲先君：自稱去世的父親，這裏指蘇洵。⑳沛然：充盛的樣子。

譯文 東坡先生被貶謫到儋耳，他把家安置在羅浮山下，衹和幼子蘇過挑着東西過海。在儋耳，

他住的是用茅草、竹子修的房屋，每天吃的是苦菜和芋頭，心中沒有那種住室堂皇、食物精美的想法。子瞻平日沒有什麼特殊的愛好，衹是把史地著作當作園囿來游覽、把文章作爲音樂來演奏，到了這時也全都停下來了，衹是喜歡寫詩。他寫的詩精深華妙，并未顯出老年人那種衰弱疲憊的精神狀態。

這時，我也被貶到海康，子瞻來信對我說：「自古以來，已經有詩人寫過模擬古人的作品，卻沒有人追和古人的詩。追和古人的詩，便從我東坡開始。在詩人中，沒有誰是我非常喜愛的，我唯獨喜愛陶淵明的詩。陶淵明作詩不多，但他的詩看上去樸質而實際上華美得很，看上去清瘦而實際上肥美得很。即使是曹植、劉禎、鮑照、謝靈運、李白、杜甫衆位詩人，都趕不上他。我前後和淵明的詩共一百幾十首，自已寫到得意的時候，認爲在淵明面前并不覺得很慚愧。現在我要把它們編成集子并且抄錄下來，爲的是把它們送給後世的君子，你爲我把這些記下來。但是我對於淵明，哪裏衹是喜愛他的詩呢？如對於他的爲人，我實際是很有感觸的。淵明臨死前寫信給陶儼等人說：『我年輕時生活窮苦，常常因爲家裏貧窮，東奔西跑。我性子剛烈、才智笨拙，和事物多有抵觸，自己估量照我的性子幹下去，一定會給你們留下禍患。於是盡力辭去世事，使你們很小就過着挨餓受凍的生活。』淵明這些話，說的是實際情況。我現在眞的有了他這種毛病，由於自已沒有早知道這種毛病，做了半輩子官，卻招來了世間的災禍。這就是我十分佩服淵明、想在晚年學得他一點長處的原因。」

唉！陶淵明不肯爲了五斗米而穿戴整齊去拜見鄉里小人，子瞻做了三十多年的官，被管監的官

吏置於屈辱、困頓的境地，最後還是不能改悔，以致陷入大難之中，才想起在晚年從淵明身上求得寄托，這誰肯相信呢？雖然是這樣，子瞻做官，出入朝廷，官職或升或降的原因還是可以考究出來的。後世君子，一定會從中總結出一些立身處世的教訓來。孔子說：「傳述舊的而不創作新的，相信而且喜愛古代的事物，我私下把自已比作老彭。」孟子說：「曾子、子思的主張相同。」大概憑一些小事情是不能夠評論一個人的爲人的。

我年輕時沒有老師，子瞻成年以後，學問也有成就了，先父便要我向他學習。子瞻曾經稱贊我的詩具有古人的風格，我自己認爲比不上古人。然而子瞻自從被貶謫到黃州住在東坡，他的學問日益長進，如同河水奔流般充沛盛大，他的詩和杜子美、李太白比起來，是要超過他們的，於是就和陶淵明相比。我雖然隨着他奔馳不已，但總是落在他的後面。對於他追和陶淵明的詩，我又跟着寫了一些和詩。

紹聖四年十二月十九日，海康城南東齋作。

超然臺賦并序

題解 這是篇騷體小賦。作於宋神宗熙寧七年（一〇七四）。其時，蘇轍在濟州，蘇軾任密州知府，二人皆被貶官。此賦因景抒情，借物明志，表現了作者兄弟二人身處逆境中的自我解脫。

賦前小序，說明作賦的原因和以「超然」名臺的旨意。賦文首先寫超然臺的風景和蘇軾與僚友的宴飲游樂。繼寫由登臨遠眺所觸動的故國之思、興亡之嘆，引發出對仕途艱險、人生漂泊的感慨。最後表達了「誠達觀之無不可兮，又何有於憂患」的曠達襟懷。賦融敘事、抒情、說理於一爐。高妙之氣、超然之情充溢其間。正如蘇軾《書子由〈超然臺賦〉後》中所說：「子由之文，詞理精確，有不及吾；而體氣高妙，吾所不及。……至於此文，則精確高妙，殆兩得之，尤為可貴也。」

原文

子瞻既通守余杭①，三年不得代。以轍之在濟南也②，求爲東州守③。既得請高密④，其地介於淮海之間，風俗朴陋，四方賓客不至。受命之歲，承大旱之餘孽，驅除螟蝗，逐捕盜賊，廩恤饑饉⑤，日不遑給⑥。幾年而後少安，顧居處隱陋，無以自放⑦，乃因其城上之廢台而增葺之⑧。日與其僚覽其山川而樂之，以告轍曰：「此將何以名之？」轍曰：「今夫山居者知山，林居者知林，耕者知原，漁者知澤，安於其所而已。其樂不相及也，而台則盡之。天下之士，奔走於是非之場，浮沉於榮辱之海，囂然盡力而忘反⑨，亦莫自知也。而達者哀之，二者非以其超然不累於物故邪。《老子》曰：『雖有榮觀，燕處超然⑩。』嘗試以『超然』命之，可乎？」因爲之賦以告曰：

東海之濱，日氣所先。歸高臺之陵空兮⑪，溢晨景之潔鮮。幸氛翳之收霽兮⑫，逮朋友之燕閑⑬。舒堙鬱以延望兮⑭，放遠目於山川。設金罍與玉斝兮⑮，清醪潔其如泉⑯。奏絲竹之憤怨兮，聲激越而眇綿⑰。下仰望而不聞兮，微風過而激天。曾陟降之幾何兮⑱，棄溷濁乎人間⑲。倚軒楹以長嘯兮⑳，袂輕舉而飛翻㉑。極千里於一瞬兮，寄無盡於雲煙。前陵阜之洶涌兮㉒，後平野之渺漫㉓。喬木蔚其蓁蓁兮㉔，興亡忽乎滿前。懷故國於天末兮，限東西之險艱。飛鴻往而莫及兮，落日耿其夕躔㉕。

嗟人生之漂搖兮，寄流枿於海壖㉖。苟所遇而皆得兮，遑既擇而後安㉗。彼世俗之私己兮，每自予於曲全㉘。中變潰而失故兮，有驚悼而汍瀾㉙。誠達觀之無不可兮，又何有於憂患。顧游宦之迫隘兮㉚，常勤苦以終年。盍求樂於一醉兮，滅膏火之焚煎㉛。雖晝日其猶未足兮，俟明月乎林端。紛既醉而相命兮，霜凝磴而跰蹮㉜。馬躑躅而號鳴兮㉝，左右翼而不能鞍㉞。各雲散於城邑兮，徂清夜之既闌㉟。惟所往而樂易兮，此其所以爲超然者邪。

注釋

①通守：古官名。地位略低於太守。此指蘇軾於熙寧四年（一〇七一）通判杭州。余杭：宋爲臨安府，治所在今浙江杭州。②轍之在濟南：蘇轍於熙寧六年（一〇七三）任齊州掌書

記。③東州：在今山東境內。④高密：縣名，宋時屬密州，治所在今山東諸城。⑤廩恤饑饉：開倉放糧，賑濟體恤饑民。廩，糧食。饑，穀不熟爲饑，蔬不熟爲饉，泛指荒年。⑥遑：閑暇。⑦自放：自我放達。⑧葺：修飾整理。⑨囂然：輕狂浮躁的樣子。反：通「返」。⑩「雖有」二句：語見《老子》第二十六章。榮觀，宮闕。燕處，安處，閑居。⑪巋：巋然，高大屹立的樣子。⑫氛霧：陰霾之氣。霽：雨雪停止，天放晴。⑬逮：逮逮的省略，文雅安和的樣子。《禮記·孔子閑居》：「威儀逮逮，不可選也。」⑭堙鬱：鬱結，抑鬱。堙，悶塞，氣鬱結不暢。⑮罍：古代一種盛酒的容器。《詩經·周南·卷耳》：「我姑酌彼金罍，維以不永懷。」斝：古代青銅制的酒器，圓口平底，三足，兩柱，盛行於商代。⑯清醪：指清明潔淨的酒。醪，濁酒。⑰眇綿：幽遠。⑱陟：登高。幾何：若干，多少。⑲溷濁：骯臟污濁。同「混濁」。⑳軒楹：殿前的橫欄。㉑袂：袖子。㉒陵阜：土山丘陵。洶涌：波浪急涌。此指起伏的樣子。㉓淼漫：水勢廣遠的樣子。《文選·木華〈海賦〉》：「則乃浟湙瀲灩，浮天無岸，沖融沆瀁，渺瀰淼漫。」李善注：「渺瀰淼漫，曠遠之貌。」㉔蓁蓁：草木茂盛，泛指植物茂盛的樣子。㉕耿：光明。躔：太陽運行的軌迹。㉖流枿：飄流的枝槎，比喻人生。枿，樹木砍去後又長出的枝條。海壖：亦作「海堧」，海邊空地。泛指沿海地區。㉗遑：古同「惶」，恐懼。㉘曲全：委曲求全。語出《老子》：「曲則全，枉則直」。㉙汍瀾：流淚的樣子。馮衍《顯志賦》：「淚汍瀾而雨集兮，氣滂滂而雲披。」㉚迫隘：脅迫，逼迫。這裏指仕途的窘迫險惡。㉛膏火：燈火。《莊子·人間世》：「山木自寇也，膏火自煎也。」此處比喻名利等世俗欲望。㉜蹬：石階。蹡：走路不正的樣子。㉝躑躅：踏步不前。㉞翼：幫助。㉟徂：往，到。闌：晚，殘盡。

墨竹賦

【題解】《墨竹賦》是以對話體結構全篇的一篇賦作。它以主客對答的方式，盛贊北宋畫家文與可精湛高妙的畫技，含蓄地頌揚了他高潔的人格。其中對文與可畫竹經驗的總結，比較深刻地反映了事物的內部規律和外部規律。文章擬人以喻竹，借竹以抒情，人、景、情、理相結合，繼承了漢賦體物寫志的傳統，而無其鋪陳過繁之弊。語言精煉，表達新巧，寓意深遠，文情并茂。

【原文】與可以墨爲竹①，視之良竹也，客見而驚焉，曰「今夫受命於天，賦形於地，涵濡雨露②，振盪風氣，春而萌芽，夏而解馳，散柯布葉，逮冬而遂；性剛潔而疏直，姿嬋娟以閑媚③；涉寒暑之徂變④，傲冰雪之淩厲；均一氣於草木，嗟壤同而性异；信物生之自然，雖造化其能使？今子研青松之煤⑤，運脫兔之毫⑥，睥睨牆堵⑦，振灑繒綃⑧，須臾而成；郁乎蕭騷⑨，曲直橫斜，穠纖庳高⑩。窮造物之潛思，賦生意於崇朝⑪。子其誠有道者耶？」

與可聽然而笑曰：「夫子之所好者道也，放乎竹矣！始子隱乎崇山之陽，廬乎修竹之林。視聽漠然，無慨乎予心。朝與竹乎爲游，莫與竹乎爲朋，飲食乎竹間，偃息乎竹陰⑫，覯乎竹之變也多矣，若夫風止雨霽⑬，山空日出，猗猗其長⑭，森乎滿谷，葉如翠羽，筠如蒼玉⑮。淡乎自持，淒兮欲滴，蟬鳴鳥噪，人響寂曆，忽依風而長嘯，眇掩冉以終日⑯。筍含籜而將墜⑰，根得土而橫逸。絕澗穀而蔓延，散子孫乎千億。至若叢薄之餘⑱，斤斧所施，山石犖埆⑲，荊棘生之，蹇將抽而莫達，紛既折而猶持。氣雖傷而益壯，身已病而增奇。淒風號乎隙穴，飛歸凝沍乎陂池⑳；悲眾木之無賴，雖百圍而莫支。猶復蒼然於既寒之後，凜乎無可憐之姿；追松柏以自偶，竊仁人之所爲。此則竹之所以爲竹也。始也，餘見而悅之；今也，悅之而不自知也；忽乎忘筆之在手，與紙之在前，勃然而興，而修竹森然，雖天造之無朕㉑，亦何以異於茲焉？」

客曰：「蓋予聞之：庖丁，解牛者也，而養生者取之；輪扁，斫輪者也，而讀書者與之，萬物一理也，其所從爲之者異爾。況夫夫子之托於斯竹也，而予以爲有道者，則非耶？」與可曰：「唯唯！」

注釋 ①與可：即文同。具體介紹見本書蘇軾《文與可畫篔簹谷偃竹記》一文相關注釋。

②涵濡：滋潤，沉浸。③嬋娟：姿態美好的樣子。④徂：開始。⑤青松之煤：指松煙制成的墨。⑥脫兔之毫：指兔毫制成的筆。脫兔原形容兔子行動迅捷，此處表示運筆的快捷。⑦睥睨：眼睛斜着看，形容高傲的樣子。⑧縉綃：泛指絹帛之類。⑨蕭騷：形容風吹樹葉等的聲音。⑩穠纖庳高：竹子的粗細高低。穠，花木繁盛。庳，低下，矮。⑪崇朝：從天亮到早飯時。比喻時間短暫，猶言一個早晨。亦指整天。崇，通「終」。⑫偃息：休息，歇息。⑬霽：雨停止，天放晴。⑭猗猗：柔美，茂盛的樣子。⑮筠：竹子的青皮。⑯眇：仔細地看。掩冉：叢竹柔美搖曳的樣子。⑰籜：竹筍上一片一片的皮。⑱叢薄：茂密的草叢。⑲犖埆：怪石嶙峋貌。亦作「犖硞」、「犖确」。⑳凝沍：凝結。沍，凍結。陂：池塘。㉑朕：縫隙。

黃樓賦序

題解 宋神宗熙寧十一年（一〇七八），蘇轍應其兄蘇軾之邀為徐州黃樓落成而作《黃樓賦》。此文即是《黃樓賦》之前的小序。

序文介紹了蘇軾率領徐州百姓戰勝洪水的過程，交代了黃樓的由來，說明了作賦原因。尤其詳盡記錄了蘇軾身先士卒、指揮軍民防洪搶險和搭救災民的模範行為、救濟災民的功績以及水災平定之後組織百姓建新城、修木堤的遠見卓識。敘述委曲，精粹具體。

原文 熙寧十年秋七月乙丑①，河決於澶淵②，東流入鉅野③，北溢於濟④，溢於泗⑤。八月戊戌，水及彭城下⑥，余兄子瞻適爲彭城守。水未至，使民具畚鍤⑦，畜土石⑧，積芻茭⑨，完室隙穴，以爲水備。故水至而民不恐。自戊戌至九月戊申，水及城下者二丈八尺，塞東西北門，水皆自城際山。雨晝夜不止，子瞻衣制履屨⑩，廬於城上⑪，調急夫發禁卒以從事⑫，令民無得竊出避水，以身帥之⑬，與城存亡。故水大至而民不潰。

方水之淫也，汗漫千餘里⑭，漂廬舍，敗冢墓，老弱蔽川而下，壯者狂走無所得食，槁死於丘陵林木之上⑮。子瞻使習水者浮舟楫，載糗餌以濟之⑯，得脫者無數。

水既涸，朝廷方塞澶淵，未暇及徐。子瞻曰：「澶淵誠塞，徐則無害。塞不塞天也，不可使徐人重被其患。」乃請增築徐城，相水之沖⑰，以木堤捍之，水雖復至，不能以病徐也。故水既去，而民益親。於是即城之東門爲大樓焉，堊以黃土⑱，曰：「土實勝水」。徐人相勸成之。轍方從事於宋⑲，將登黃樓，覽觀山川，吊水之遺迹，乃作黃樓之賦。

注釋 ①熙寧十年：即公元一○七七年。熙寧，宋神宗趙頊年號（一○六八—一○七七）。

②河：指黃河。澶淵：今河南濮陽西南。③鉅野：今山東省西南部。④濟：水名。發源於今河南省，流經山東入海。⑤泗：水名。源出山東泗水縣東蒙山南麓，四源并發，故名。流經彭城北與南面，南入淮河，全長一千餘里。⑥彭城：郡名，治所在今江蘇省徐州市。⑦畚：竹制的畚箕，可盛土石。鍤：即鐵鍬，可挖土。⑧畜：同「蓄」，積貯。⑨芻茭：飼養牲口的乾草。⑩履屨：穿麻鞋。屨，麻葛制成的鞋子。此處用作動詞。⑪廬：茅棚。⑫禁卒：指駐扎在徐州的武衛營士兵。⑬帥：表率。⑭汗漫：漫無邊際。⑮槁：乾枯。⑯糗餌：乾糧。⑰相：觀察。⑱堊：粉刷。⑲從事：蘇轍當時在河南洛陽任推官。宋：河南在春秋時期爲宋國領地，故稱宋。

楊時

作者簡介 楊時（一○五三—一一三五），字中立，人稱龜山先生，南劍州將樂（今福建將樂縣）人。宋神宗熙寧九年（一○七六）進士，師事程顥、程頤，爲程門四弟子之一。南宋高宗時，官工部侍郎、龍圖閣直學士，卒謚文靖。著有《龜山集》。

言默戒

題解 作者以一則寓言生動形象地說明言不當時，於人於己都有害無益的道理。

文章先以鷄鳴設譬，「鄰之人鷄夜鳴，惡其不祥，烹之」，於是他認爲「或旦而不鳴，其不祥奈何。」古時無鐘，以鷄鳴定時，倘若鷄「鳴之非其時」，當鳴不鳴，不當鳴而鳴之，也就祇能被「烹之」。篇末由鷄鳴推想到人言，點明主旨，「未可言而言者，與可言而不言，皆足取禍也。」文章語言簡潔，生動形象，含義深刻，發人深思。

原文 鄰之人有鷄夜鳴，惡其不祥，烹之。越數日，一鷄旦而不鳴，又烹之。已而謂予曰：「吾家之鷄或夜鳴，或旦而不鳴，其不祥奈何？」予告之曰：「夫鷄鳴能不祥於人歟？其自爲不祥而已。或夜鳴，鳴之非其時也；旦而不鳴，不鳴非其時也，則自爲不詳而取烹也，人何與焉①？若夫時然後鳴，則人將賴汝以時夜也②，孰從而烹之乎？」又思曰：人之言默，何以异此？未可言而言，與可言而不言，皆足取禍也。故書之以爲言默戒。

注釋 ①與：參與。此處有相干、相關之意。②時夜：指鷄打鳴報曉。時，掌管。

譯文 鄰居有隻鷄總是在夜裏打鳴，主人覺得它不吉祥，便把它吃了。過了幾天，又有一隻鷄該天亮打鳴卻沒動靜，主人又將它吃了。事後對我說：「我家的鷄有的夜裏打鳴，有的早晨卻不打鳴，對這種不吉祥應該怎麼辦？」我對他說：「鷄打鳴能對人不吉祥嗎？祇不過它們自作不吉祥罷了。有的夜裏打鳴，鳴的不是時候；有的早晨不打鳴，不打鳴也不是時候，那是它們自作不吉祥而導致被烹吃的，和人又有什麼關係呢？如要它們按時打鳴，人們將靠它報曉，誰還會烹吃它們呢？」我又想到：人的發言與沉默和這件事有什麼不同呢？不應說話的時候而說，同應該說話而沒說一樣，都足以招致災禍呀。所以寫下來作爲發言和沉默的告誡。

張耒

作者簡介 張耒（一〇五四—一一一四），北宋文學家。字文潛，號柯山，楚州淮陰（今江蘇淮陰）人。宋神宗熙寧六年（一〇七三）進士。元祐初試館閣，授秘書省正字等職。後歷任臨淮主簿、著作郎、史館檢討等。哲宗紹聖初，以龍圖閣知潤州。後坐黨籍落職，謫徙宣州、黄州、復州。徽宗召爲太常少卿。崇寧初卒於絳州。著有《柯山集》。

張耒長於詩詞，爲「蘇門四學士」之一。他提倡自然的文風。其文汪洋淡泊，有一唱三嘆之聲，大率以平易自然，明白條暢見長。葉夢得《張文潛集序》稱其「雍容不迫，紆裕而有餘」。

鷄鳴賦

題解 這篇賦寫於作者閑居陳州時。張耒一生坎坷，但意氣并未消沈。此賦記物言志，以描寫雄鷄司晨時的狀貌氣度，稱讚其「奉職有恪」的精神，惟妙惟肖，生動傳神，體現了作者身處逆境而灑脱自如的襟抱。

原文 先生閒居學道①，昧旦而興②。家畜一鷄，司晨而鳴③。畜之既老，語默有程④。意氣武毅，被服鮮明。峨峨朱冠⑤，丹頸玄膺⑥。蒼距矯攫⑦，秀尾翹騰⑧。奉職有恪⑨，徐步我庭。啄粟飲水，孔肅靡爭⑩。

山川蒼蒼，風霰宵凝⑪。黯幽窗之沈沈，恍餘夢之初驚。萬里一寂，鐘鼓無聲。聞振衣之膈膊⑫，忽孤奏而泠泠⑬。委更籌之雜亂⑭，和城角之淒清⑮。應雲外之鳴鴻，吊山巔之落星。歌三終而復寂⑯，夜五分而既更⑰。萬境皆作，車運馬行。先生杖屨而出⑱，觀大明之東生⑲。

注釋 ①先生：作者自謂。道：儒家聖賢之道。②昧旦：天將明而未明之時，破曉。《詩·鄭風·女曰鷄鳴》：「女曰鷄鳴，士曰昧旦。」興：起。③司晨：雄鷄報曉。④語默：亦作「語嘿」。指説話或沉默。語本《易·繫辭上》：「君子之道，或出或處，或默或語。」此指鷄叫與沉默。程：度，規矩。這裏指鷄按時報曉。⑤峨峨：高聳的樣子。⑥玄膺：胸部長滿黑色羽毛。膺，胸。⑦蒼距：青黑色的鷄爪。距，本是鷄腿末端後面突出像腳趾的部分。矯攫：強有力地抓取東西。⑧翹騰：高舉飛舞的樣子。⑨恪：恭敬，謹慎。《詩經·商頌·那》：「溫恭朝夕，執事有恪。」⑩孔肅：非常嚴肅。靡：不。⑪霰：降雪前落下的小雪珠，這裏形容風很細。宵凝：形容夜色尚濃。⑫振衣：抖衣去塵，整衣。《楚辭·漁父》：「新沐者必彈冠，新浴者必振衣。」這裏指鷄抖動羽毛。膈膊：形容鷄振動羽毛的聲音。⑬泠泠：本指流水聲，這裏形容聲音清越。⑭更籌：古代夜間報更用的計時竹簽。南朝梁庾肩吾《奉和春夜應令》詩：「燒香知夜漏，刻燭驗更籌。」⑮角：指號角聲。⑯歌三終：歌樂或奏樂一章爲一終，每奏凡三終。這裏指鷄鳴三遍。⑰五分：即五更。⑱杖屨：拄杖穿鞋。杜甫《祠南夕望》：「興來猶杖屨，目斷更雲沙。」屨，古代用麻葛制成的一種鞋。⑲大明：太陽。《禮記·樂器》：「大明生於東。」

李之儀

作者簡介 李之儀（生卒年不詳），北宋詞人、散文家。字端叔，自號姑溪居士，滄州無棣（今屬山東）人。宋神宗元豐進士，曾從蘇軾於定州幕府任簽判。後爲樞密院編修官。元符中，監内香藥庫。徽宗建中靖國初，任原州通判。崇寧初，提舉河東常平。後忤蔡京獲罪，編管太平，遂居住姑溪。有《姑溪居士全集》

李之儀是蘇軾門人之一，創作頗豐。他的詩華章麗句，饒有風力。詞風清婉纏綿，近似婉約派。

夢游覽輝亭賦

題解 賦前半部分寫景，後半部分述夢。藉景抒情，借夢述理，描繪出一種神幻迷離的意境。透露出作者面對社會末世人生動蕩的悲哀。賦的最後，發出「夢耶？覺耶？」的感嘆，表示「不能俯仰於群迷」，表現了作者消釋悲哀、自娛自適的趣味。結構明晰，語言綺麗。

原文 露下木落，天宇澄澈，日欲傾頽，蟬方淒咽。姑溪居士①，杖笻步屧②，臨階之絶，顧視節物③，推遷歲月。感覽輝之昔游，詠生塵之羅襪④。惝怳差池⑤，躊躇騷屑⑥，御者不進⑦，將誰與説。既鵠立以不怡⑧，疑株拘之無別⑨。已而人斷風怵⑩，月出雲裂，繁星不能蔽其光，萬籟於此號其穴⑪。茲欲遣而不暇，益百糾而千結。

於是解衣就枕，寤寐才分⑫。紅舒綠卷⑬，蘭鬱麝薰⑭，更笑語與鶯燕，襲環珮於煙雲⑮。恨秀色之不與，方輾轉而疑魂。忽若星墜，倏如鸞停⑯，拊背藉以相款⑰，極情柔而見文。謂予之約何爽⑱？叩予之實彌勤。顧倚玉之未及⑲，俄司晨

之遽聞⑳。

嗚呼！夢耶？覺耶？則亦莫知其然哉！今已非是，昔安可追？懲夢幻於逐物，割昵綱於頑癡㉑。庶幾夢覺與今昔㉒，不能俯仰於群迷㉓。

注釋 ①姑溪居士：作者自號。姑溪，水名，一名姑孰，又名姑浦，在今安徽當塗南。②笻：竹名，可爲杖。屧：鞋子，木屐。③節物：應時節的景物。陸機《擬明月何皎皎》：「踟躕感節物，我行永已久。」④羅襪：絲襪。⑤差池：不齊。⑥騷屑：紛擾的樣子。⑦御者：駕車的人。⑧鵠：水鳥，形狀像鵝，較鵝大，鳴聲宏亮，善飛，吃植物、昆蟲等。鵠鳥的頸較長，能望遠。鵠立，這裏比喻引頷遠觀的樣子。⑨株拘：亦作「株駒」，枯樹根。《莊子·達生》：「吾處身也，若厥株拘。」⑩怵：悲傷，恐懼。⑪萬籟：自然界的聲響。⑫寤寐：日夜。寤，醒時。寐，睡時。分：一半。⑬紅舒：指花開。⑭蘭鬱麝薰：指蘭花的香氣如麝香一樣濃鬱。⑮襲：原指穿衣，這裏指佩戴。⑯鸞：傳說中鳳凰一類的神鳥。⑰拊：撫摸，通「撫」。相款：相歡，相融。款，真誠，懇切。⑱爽：失，失約。⑲倚玉：蒹葭倚玉樹的略稱，有相形見絀的意思。《世說新語·容止》：「魏明使後弟毛曾與夏侯玄共坐，時人謂『蒹葭倚玉樹』」。⑳司晨：公鷄報曉的聲音。㉑昵網：猶情網，世俗。㉒庶幾：相近，差不多。㉓俯仰：周旋，應付。群迷：指世俗之人。

黃庭堅

【作者簡介】黃庭堅（一〇四五—一一〇五），北宋著名詩人、書法家。字魯直，自號山谷道人，又號涪翁。洪州分寧（今江西修水）人。宋英宗治平四年（一〇六七）進士。曾任國子監教授、秘書省校書郎、太和縣令、起居舍人等職。紹聖時屢遭貶謫，後卒於宜州貶所。著有《豫章黃先生文集》。

黃庭堅是江西詩派的開創者、領袖，「蘇門四學士」之一。詩與蘇軾齊名，號稱「蘇黃」。其詩以「奇崛」著稱，但於刻意好奇之中不乏清新流暢，最能體現宋詩特色。黃庭堅雖以詩名世，但也非常重視散文的創作，主張「文章為國器」（黃庭堅《答陳敏善》），作文講究章法。其散文清舉拔俗，富有特色。

與王觀復書①

【題解】這封書信是黃庭堅於元符三年（一一〇〇）寫給友人王觀復的回信。文章以親切樸實的語言，道出了作者的寫作主張，核心是「文以理為主」。

文章從評論王觀復的詩歌談起，首先肯定其「興寄高遠」，同時又指出「語生硬，不諧律呂」的毛病，進一步從歷史淵源和理論層面深入分析造成這種毛病的原因。最後以杜子美詩、韓退之文、蘇東坡之論為例，談自己的切身體會，指示王觀復改正毛病、提高水平的途徑。全信肯定優點，指出不足，分析原因，講明道理。有事實，有分析，有實例，有理論，循循善誘，層次井然，給人以可親可敬、可信可行的感覺。

【原文】庭堅頓首啓：蒲元禮來辱書②，勤懇千萬。知在官雖勞勸③，無日不勤翰墨，何慰如之。即日初夏，便有暑氣，不審起居何如？

所送新詩，皆興寄高遠④。但語生硬不諧律呂⑤，或詞氣不逮初造意時⑥。此病，亦只是讀書未精博耳。「長袖善舞，多錢善賈⑦」，不虛語也！

南陽劉勰嘗論文章之難云：「意翻空而易奇，文徵實而難工⑧。」此語亦是。沈、謝輩爲儒林宗主⑨，時好作奇語，故後生立論如此⑩。好作奇語，自是文章病。但當以理爲主⑪，理得而辭順，文章自然出群拔萃。觀杜子美到夔州後詩⑫，韓退之自潮州還朝後文章⑬，皆不煩繩削而自合矣⑭。

往年，嘗請問東坡先生作文章之法⑮，東坡云：「但熟讀《禮記·檀弓》當得之⑯。」既而取《檀弓》二篇讀數百過，然後知後世作文章不及古人之病，如觀日月也。

文章蓋自建安以來好作奇語⑰，故其氣象衰苶⑱。其病至今猶在。唯陳伯玉、韓退之、李習之⑲，近世歐陽永叔、王介甫、蘇子瞻、秦少游乃無此病耳⑳。公所論杜子美詩，亦未極其趣㉑。試更深思之，若入蜀下峽年月㉒，則詩中自可見。其曰：「九鑽巴巽火，三蟄楚祠雷㉓。」則往來兩川九年，在夔府三年，可知也㉔。恐更須改定，乃可入石㉕。

適多病，少安之餘，賓客妄謂不肖有樂歸之期。日日到門，疲於應接㉖。蒲元禮來告行，草草具此。世俗寒溫禮數，非公所望於不肖者，故皆略之㉗。三月二十四日。

注釋 ①王觀復：名蕃，時在閬中作官，黃庭堅的好友。②蒲元禮：成都人，黃庭堅的朋友，常在一起研討唱和。③勩：勞苦。《詩·小雅·雨無正》：「莫知我勩。」④興寄：指托物起興，以物喻志。興，比興手法。寄，內容上有寄托。⑤律呂：本指音樂的十二調，這裏借指音樂。⑥不逮：不及。⑦長袖善舞，多錢善賈：語出《韓非子·五蠹》：「鄙諺曰：『長袖善舞，多錢善賈』，此言多資之易爲工也。」意爲袖愈長舞姿愈美，錢愈多經商愈方便。此處借以說明讀書精博，掌握豐富的材料，多方面借鑒古人，易於寫好文章。⑧「意翻空而易奇」二句：語出劉勰《文心雕龍·神思》，原文爲：「意翻空而易奇，言徵實而難巧。」⑨沈、謝：指沈約、謝朓。均爲南朝著名作家。⑩後生：此指劉勰。⑪理：這裏指道，即文章的思想內容。⑫杜子美：即杜甫。夔州：今四

川奉節。杜甫漂泊西南期間，曾在此居住。⑬韓退之：即韓愈，曾以勸阻皇帝迎佛骨，貶廣東潮州一年多後回朝廷，任國子祭酒。⑭繩：木工用的墨綫。繩削：指木工據所彈的墨綫，砍削木料，使之達到要求。這裏借指對文章的修改加工。削，砍削。⑮東坡先生：即蘇軾。⑯《禮記》：是儒家經典之一，漢人戴聖所記。《檀弓》是其中的一篇。⑰建安：漢獻帝的年號。⑱衰茶：衰落。⑲陳伯玉：即陳子昂（六五一—七〇二），字伯玉。韓退之：即韓愈。李習之：即李翺（七七三—八四一）字習之。三人皆爲唐代文學家。⑳歐陽永叔：即歐陽修。王介甫：即王安石。蘇子瞻：即蘇軾。秦少游：即秦觀。㉑趣：旨趣。㉒入蜀下峽年月：指杜甫進入四川及經三峽離川的時間。杜甫爲避安史之亂，於唐肅宗乾元二年（七五九）到成都，唐代宗大曆三年（七六八）從夔州出三峽，在四川共九年。㉓九鑽巴巽火，三蟄楚祠雷：見杜甫《秋日荊南述懷三十韻》。鑽，即鑽木取火。巽，原文作「噀」，噴。巴巽火，相傳欒巴曾噀酒爲水，滅成都火（事見《後漢書》卷八七注引《神仙傳》）。巴字雙關人名、地名。蟄，驚蟄，二十四節氣之一。杜甫於唐代宗永太元年（七六五）秋在雲安，次年春遷夔，大曆三年（七六八）離夔出峽，經歷三個冬天，故云。楚祠，即楚王祠，相傳巫山上有楚王宮。杜甫《詠懷古迹五首》云：「最是楚宮俱泯滅，舟人指點到今疑。」

譯文 庭堅叩拜陳述：蒲元禮來戎州，蒙您賜信，殷勤誠懇。知道您做官雖然辛勞，但沒有

一天不努力寫作，這使我感到十分安慰。這幾天已是初夏，便有暑氣，不知您平常身體怎麼樣？

您所寄來的新詩作，比興寄托都很高遠。但語言生硬，不諧音律，或者説語言未能表達最初的立意構思。這個毛病的產生，祇是讀書未精博罷了。謠諺説：「袖長，舞姿易美；錢多，經商方便」，這不是空話！

南陽劉勰論及作文之難時曾説：「思想淩空翻飛，容易出奇；落實到語言，卻難以工巧。」這話説得也對。沈約、謝朓等爲一代文壇領袖，常喜歡作奇特的語句，所以後來劉勰才有這樣的議論。好作奇特的語言，這是寫文章的毛病。寫文章祇是應當以道理爲主，道理深刻，文章自然出類拔萃。看杜甫晚年到夔州以後的詩，韓愈從潮州回到朝廷以後的文章，都不需要删削修改而自然合乎作文之法。

前些年，我曾向蘇東坡先生請教作文章的方法，東坡説：「祇要熟讀《禮記·檀弓》就可以了。」我隨後取《檀弓》上下篇來讀了幾百遍，然後知道後世作文不及古人的毛病所在，就如看日月一般清楚明白了。

寫文章，大概從建安以來都喜歡寫奇特的語言，所以文壇氣象衰敗。這個毛病，現在還存在。祇有陳子昂、韓愈、李翺，近代的歐陽修、王安石、蘇東坡、秦觀等人才沒有這樣的毛病。

您談到杜甫的詩，也沒有能充分理解其中的深刻含義。假如能更深刻地想一想，比如杜甫入四川、下三峽的年月，在他的詩中就可以看出來。他的詩説：「九鑽巴巽火，三蟄楚祠雷。」則可知

杜甫往來川東川西共九年，其中在夔州三年。你的詩恐怕需要修改，才能刊刻傳播。

最近正是我多病稍好之時，來往的客人説我不久可能東歸回朝。每天都有人到家裏來，接待他們弄得我很疲勞。蒲元禮來辭行，我很草率地寫了這些。社會上一般寒暄的禮節，不是您希望能從我這裏得到的，所以一概省略了。三月二十四日。

苦筍賦①

題解 賦首先寫苦筍「鍾江山之秀氣」，「甘脆愜當，小苦而及成味，溫潤稹密，多啖而不疾人」的特點，後以委婉的筆法由苦筍引出「苦而有味，如忠諫之可活國，多而不害，如舉士而皆得賢」的觀點。託物言志，名為詠苦筍而立意在於「活國」、「得賢」。

原文 酷嗜苦筍，諫者至十人，戲作苦筍賦。其詞曰：僰道苦筍②，冠冕兩川③，甘脆愜當④，小苦而及成味，溫潤稹密，多啖而不疾人⑤。蓋苦而有味，如忠諫之可活國；多而不害，如舉士而皆得賢。是其鍾江山之秀氣⑥，故能深雨露而避風煙，食肴以之開道，酒客爲之流涎，彼桂斑之與夢永⑦，又安得與之同年。蜀人曰：苦筍不可食，食之動痼疾⑧，使人萎而瘠⑨。予亦未當與之下。蓋上士

不談而喻⑩；中士進則若信，退則眩焉，下士信耳，而不信目，其頑不可鐫⑪。李太白曰：「但得醉中趣，勿爲醒者傳⑫。」

注釋 ①苦筍：苦竹的筍。②僰道：古縣名，治所在今四川宜賓西南。③冠冕：古代帝王或官員戴的帽子，這裏指第一。④愜當：適口。⑤啖：吃。疾人：使人生病。⑥鐘：聚焦。秀氣：特异之氣。⑦桂斑：指桂竹和湘妃竹。⑧痼：久治不愈之病。⑨萎：卧病不起。痟：疾病。⑩不談而喻：即不言而喻。喻，明白。⑪頑：愚妄無知。鐫：規勸，曉喻。⑫「但得」二句：此詩爲《月下獨酌》其二。李太白，即李白。

題跋四則

題解 黄庭堅的題跋是其散文中富有特色的部分，體現出他的學養、個性和藝術造詣。其題跋帶有濃鬱的抒情色彩，間有敘事，形象鮮明生動。又常明理寓識，因而境界闊大，思致深邃，具有情意兼勝、要言不煩的藝術特色。

這四則題跋在對文學藝術創作進行推評議論的同時，以生動簡煉的筆墨，刻畫人物的形象與性格，表現了作者的思想情趣與生活態度。

《題東坡字後》通過回憶和敘述有關蘇軾作書的幾件小事，描繪了蘇東坡豪放飄逸的個性，活如寫生，由衷地抒發了作者欽仰敬佩的心情。文辭優美，善摹情態，語似天成。

《跋王荊公禪簡》稱讚王安石「視富貴如浮雲，不溺於財利酒色，一世之偉人也」的高尚品格，認爲祇有人格精神「不俗」，其作品才能「脫去流俗」，卓爾不群，說明了人品與文品相統一的文學現象。

《題自書卷後》表現了作者在艱難困苦的生活中坦然平和的心境和豁達、樂觀的生活態度。其中破屋端座的細節描寫，使短文顯得生動活波。

《書家弟幼安作草後》主張學習書法要不受環境干擾，不爲外界的品藻譏彈所左右，要出自強烈的創作沖動，出自天然，在沒有定法之中求得精工，表現出真性情，達到寄情於名利之外、習字作書的境界。文章描述生動形象，寓理新警深刻。

原文 題東坡字後

東坡居士極不惜書①，然不可乞②，有乞書者，正色詰責之，或終不與一字。元祐中鎖試禮部③，每來見過，案上紙不擇精粗，書遍乃已。性喜酒，然不能四五籥已爛醉④，不辭謝而就臥，鼻鼾如雷。少焉蘇醒，落筆如風雨，雖謔弄皆有義味⑤。真神仙中人，此豈與今世翰墨之士爭衡哉？

東坡簡札字形溫潤，無一點俗氣。今世號能書者數家，雖規模古人，自有長處，至於天然自工，筆圓而韻勝，所謂兼四子之有以易之，不與也。

建中靖國元年五月乙巳⑥，觀於沙市舟中，同觀者劉觀國、王霖、家弟叔向、小子相。

跋王荆公禪簡⑦

荆公學佛，所謂吾以爲龍又無角，吾以爲蛇又有足者也⑧。然餘嘗觀其風度，真視富貴如浮雲，不溺於財利酒色，一世之偉人也。暮年小詩雅麗清絕，脱去流俗，不可以常理待之也。

題自書卷後

崇寧三年十一月⑨，餘謫處宜州半歲矣⑩。官司謂余不當居關城中⑪，乃以是月甲戌抱被入宿子城南予所僦舍「喧寂齋」⑫。雖上雨旁風，無有蓋障⑬，市聲喧憒⑭，人以爲不堪其憂；余以爲家本農耕，使不從進士，則田中廬舍如是，又可不堪其憂邪？既設臥榻，焚香而坐，與西鄰屠牛之機相直⑮。爲資深書此卷，實用三錢買鷄毛筆書。

書家弟幼安作草後

幼安弟喜作草，攜筆東西家⑯，動輒龍蛇滿壁⑰，草聖之聲，欲滿江西。來求法於老夫。老夫之書，本無法也。但觀世間萬緣，如蚊蚋聚散⑱，未嘗一事横於胸中，故不擇筆墨，遇紙則書，紙盡則已，亦不計較工拙與人之品藻譏彈。譬如木人，舞中節拍，人嘆其工，舞罷則又蕭然矣⑲。幼安然吾言乎？

注釋

①東坡居士：蘇軾貶黄州後，在住所旁的東坡上開荒種地，自號東坡居士。②乞：討求。③鎖試禮部：元祐三年（一〇八八），蘇軾與孔文仲、黄庭堅、劉光世等在禮部主持當年的進士考試。鎖試，臨試時和閱完卷前，要閉鎖試場，主考官入內後不得再與外界接觸，以防止舞弊。④籥：古代容量單位。⑤義味：文章的意味和情趣。⑥建中靖國元年：即公元一一〇一年。建中靖國，宋徽宗趙佶年號，僅一年。乙巳：古人用干支紀日，乙巳即乙巳日。⑦王荆公：即王安石，晚年退居江寧（今江蘇南京），封荆國公，世稱王荆公。⑧「所謂」二句：龍本有角，蛇本無足，這裏用以爲龍無角、蛇有足來比喻王安石學佛學得不倫不類。⑨崇寧三年：即公元一一〇四年。崇寧，宋徽宗年號（一一〇二—一一〇六）。⑩宜州：今廣西宜山。崇寧二年（一一〇三），黄庭堅被誣以「幸災謗國」之罪除名，并羈管宜州。⑪關城：關塞上的城堡。這裏指市區。⑫子城：指月城、甕城等這類附着於大城的小城。僦：租賃房屋。⑬蓋障：指作遮蓋之物。⑭喧憒：嘈雜紛亂。⑮機：通「几」，几案，此指賣牛肉的鋪案。⑯東西家：即東家、西家。泛指所到之處。⑰龍蛇：筆勢夭矯如龍蛇的草字。⑱蚋：形狀似蠅的一種昆蟲。⑲蕭然：寂靜無聲的樣子。

譯文

題東坡字後

東坡居士很喜歡給別人寫字，但是不能向他討求，如果有人向他求字，他或者嚴肅地責問對方，或者最終不給人家寫一個字。元祐三年，我們被關鎖在禮部主持進士考試時，他每次到我房間來串門，見到桌上有紙，不管質量好壞，鋪開來就寫，全部寫完後才停筆。他喜歡飲酒，可是喝不了四五杯就爛醉如泥，不打招呼就躺了下來，立刻響起雷鳴般的鼾聲。一會兒醒來後，又拿起筆，像風雨似地猛寫起來。雖然有點開玩笑的味道，但是很有意思，眞如神仙一樣，難道他還屑於和當今那些舞弄筆墨的人較量高低嗎？

東坡的文書和信札，字體溫和圓潤，沒有一點俗氣。當今號稱精通書法的有好幾家，他們雖然多模仿別人，但也有自已的長處。至於具有不刻意求工而自然精妙、筆法圓轉、情韻過人等特點的蘇軾書法，就是將四位書法家全部的作品來交換，也是不會給他們的啊。

建中靖國元年五月乙巳，在沙市的船上觀賞東坡的字，同看的人還有劉觀國、王霖、弟弟叔向、兒子黃相。

跋王荊公禪簡

荊公學佛，和人們常說的那種我認爲是龍又沒有角，我認爲是蛇又有足的情況十分相像啊。可是，我曾仔細地觀察過他的作風和氣度，眞正是把富貴看作浮雲、不沉迷在財利酒色之中的一代偉人。他晚年寫的小詩，雅潔淸麗，極爲精工，完全去掉了時人的那股俗氣，不能用平常的道理來看待他。

題自書卷後

崇寧三年十一月，我被貶到宜州已經半年了。官府認爲我不能在城中居住，於是我在這個月的甲戌日帶着被褥來到在小城邊租憑的房子「喧寂齋」居住。雖然房子破舊，上面漏雨，旁邊進風，無擋無蓋，又挨近鬧市，人聲嘈雜。別人都認爲我受不了這一切，但是我不這麼認爲。我本來就出生在農耕的家庭，假如我不從進士出身，進入仕途，那麼在農村住矮小的房子，和這裏不也一樣？又有什麼忍受不了的煩憂呢？我把睡床安放妥當後，焚香端坐，正好和西面鄰居一間宰牛坊的肉案靠在一起。我給資深寫的這卷字，其實是用三文錢買的鷄毛筆寫的。

書家弟幼安作草後

我的弟弟幼安喜歡寫作草書，他帶着筆不管到了哪裏，往往就要在牆壁上塗滿筆勢夭矯、形如龍蛇的草字，因而他「草書聖手」的名聲，幾乎全江西都知道。現在，他來向我求教寫字的方法。其實，我的書法本來就沒有一定的法則呵，衹是我把人世間的因緣，看得像蚊蚋時聚時散一般輕易，不曾把一件事情總放在心中。所以我不選擇筆墨的優劣，遇上紙就寫，寫完了就停，也不計較字的好壞以及別人的評頭論足，譏笑指摘。譬如演傀儡戲的木偶，它翩翩起舞的時候，完全符合節拍，觀衆嘆服它的神妙，可一等節目結束，就又無聲無息，不能動彈了。幼安你認爲我說的話對嗎？

秦觀

作者簡介 秦觀（一〇四九—一一〇〇），北宋文學家。字少游，一字太虛，號淮海居士。揚州高郵（今江蘇高郵）人。宋神宗元豐八年（一〇八五）進士。曾任太學博士、秘書省正字、國史院編修官。政治上傾向舊黨，哲宗時新黨執政，被貶爲監處州酒稅，徙郴州，編管橫州，又徙雷州，至藤州而卒。著有《淮海集》。

秦觀爲「蘇門四學士」之一。詩詞以清新婉麗而著稱，散文長於議論，《宋史》本傳評爲：「文麗而思深。」

精騎集序

題解 這是秦觀爲自己所編《精騎集》一書所寫的序言。作者在這篇序中，以短小精悍的篇幅抒發了少而不勤、長而善忘的追悔莫及的心情。文章出自作者的切身體會，言微旨奧，質樸凝煉，發人深省，與其詞風格迥异。

原文 予少時讀書，一見輒能誦。暗疏之①，亦不甚失。然負此自放②，喜從滑稽飲酒者游。旬朔之間③，把卷無幾日。故雖有強記之力，而常廢於不勤。比數年來④，頗發憤自懲矣，悔前所爲；而聰明衰耗，殆不如曩時十一二⑤。每閱一事，必尋繹數終⑥，掩卷茫然，輒復不省。故雖有勤勞之苦，而常廢於善忘。

嗟夫！敗吾業者，常此二物也⑦。比讀《齊史》⑧，見孫搴答邢詞曰⑨：「我精騎三千，足敵君羸卒數萬。」心善其說，因取經傳子史之可爲文用者，得若干條，勒爲若干卷⑩，題曰《精騎集》云。

噫！少而不勤，無知之何矣。長而善忘，庶幾以此補之。

注釋 ①暗疏：默寫。②負：依仗。放：放任。③旬朔之間：十天至一個月。十天爲一旬。朔，每月初一爲朔，此代指一個月。④比數年：近幾年。⑤曩時：從前。⑥尋繹：尋究，理出頭緒。⑦二物：這兩件事，指上文所說「不勤」和「善忘」。⑧比：近時。⑨孫搴、刑詞：兩人都是北齊士大夫。《北齊書·孫搴傳》：「孫搴字彥舉，曾自檢校御史遷國子助教，雖以文才著稱，但學淺而行薄。邢邵嘗謂之曰：『更須讀書。』搴答曰：『我精騎三千，足敵君羸卒數萬。』」⑩勒：編輯。

譯文 我年輕的時候讀書，看一遍常常就能熟記。默寫文章，也不會有什麼差錯。可後來依仗記憶強就放任自流，喜歡與巧言善辯、愛好飲酒的人交游。一個月中，也沒有幾天時間在看書。所以，雖然我記性好，也常常因爲不勤奮而荒廢了學業。

近幾年來，我常告誡自己要發憤讀書，很後悔以前的所作所爲；可精力耗損，大概不如以前的十分之一二。每閱讀一篇文章，一定要從頭至尾看幾遍，可合上書本還是感到茫然不知，記不起文章內容了。所以即使現在勤奮下苦功讀書，卻常常因爲善忘而荒廢了學業。

唉！使學業荒廢的常常是懶惰和善忘啊。看到孫摩答邢詞中有這樣的句子：「我有精鋭的騎兵三千，足以戰勝敵人的數萬疲弱之兵。」心中贊同這個說法，於是摘取了「經」、「傳」、「子」、「史」中在寫文章時可以用到的語句，摘錄幾千條，編爲幾卷，取名爲《精騎集》。

啊！年輕時不勤奮，無可奈何啊。成年後善忘，也許可以用這個來補救吧。

龍井題名記①

題解 文章以入山訪友為線索，具體地記述西湖夜行，描寫了月下西湖山林的景物。雖然祇有百餘字，但為我們勾勒出月朗、夜深、林幽、人靜的優美竟境。文字簡潔清晰，描寫細緻，是一篇精緻的游記小品，體現了秦觀的詞人氣質和藝術特色。

原文 元豐二年②，中秋後一日，余自吳興來杭③，東還會稽④。龍井有辨才

大師⑤，以書邀餘入山。比出郭⑥，日已夕，航湖至普寧⑦，遇道人參寥，問龍井所遣籃輿⑧，則曰：「以不時至，去矣。」

是夕，天宇開霽⑨，林間月明，可數毫髮。遂棄舟，從參寥策杖并湖而行。出雷峰⑩，度南屏⑪，濯足於惠因澗，入靈石塢⑫，得支徑上風篁嶺，憩於龍井亭，酌泉據石而飲之。自普寧凡經佛寺十五，皆寂不聞人聲。道旁廬舍或燈火隱顯，草木深鬱，流水激激悲鳴⑬，殆非人間有也。行二鼓矣，始至壽聖院，謁辨才於朝音堂⑭，明日乃還。

注釋 ①龍井：在今浙江省杭州市風篁嶺上。其地有龍井寺，附近環山產茶，即著名的西湖龍井茶。②元豐二年：即公元一〇七九年。元豐，宋神宗趙頊年號（一〇七八—一〇八五）。③吳興：今浙江吳興。④會稽：今浙江紹興。⑤辨材大師：法號元靜，曾在靈隱山天竺寺講經。元豐二年（一〇七九）住壽聖院，辨才和下文提到的參寥，都是蘇軾的朋友。⑥比：及，等到。郭：外城。⑦普寧：寺廟名。⑧籃輿：竹橋。⑨霽：雨過天晴。⑩雷峰：塔名，在杭州西湖南岸夕照山。⑪南屏：山名，在杭州市清波門西南九曜山東。⑫靈石塢：山名，在杭州小麥嶺西南，一名積慶山。⑬激激：形容水流迅疾的樣子。⑭謁：拜見。

譯文 元豐二年，中秋節後第二天，我從吳興去杭州，向東趕回會稽。龍井有位辨才大師，

寫信邀請我到龍井山去。出了城，太陽已經西沉。我從水道航行到普寧，碰到道人參寥，問他龍井是否有可供雇傭的轎子，參寥說：「你來的不是時候，轎子已經離開了。」

這天晚上，天空晴朗，林間月光明亮，連頭發都能數得清。於是弃船，跟着參寥拄着拐杖沿着湖邊慢走。過了雷峰塔，經過南屏一帶，赤腳涉過惠因澗，進入靈石塢，意外發現一條小路，沿着它上到了風篁嶺，在龍井亭休息，斟起泉水，背靠着山石便喝了起來。從普寧到龍井亭共經歷了十五座佛寺，都十分寂靜，聽不到人的聲音。路邊的燈火若隱若現，草木蓊蓊鬱鬱，水流得很急，發出悲愴的聲響。這大概不是人間有的地方。繼續前行，二更天才到壽聖院，在朝音堂拜謁辨才大師，第二天便回去了。

晁補之

作者簡介

晁補之（一〇五三—一一一〇），北宋文學家。字無咎，號歸來子。濟州巨野（今山東巨野）人。宋神宗元豐二年（一〇七九）進士。歷任著作佐郎、吏部員外郎、禮部郎中和其他地方官。後來遭貶，回家隱居。晚年起知泗州，卒於任所。著有《鷄肋集》。

晁補之善文章，工詩詞，而以散文成就最大，為「蘇門四學士」之一。其散文

林幽游船图

溫潤典縟，博辯雋偉。《四庫全書總目提要》稱其古文「波瀾壯闊，與蘇氏父子相馳驟」，此雖過譽，而大體近之。

新城游北山記①

題解 這是作者在游覽新城北山之後，追憶往事而寫的一篇游記。文章以時間爲線索，用白描筆墨和比喻手法描寫了游新城北山一晝夜間的所見、所聞、所感。作者緊緊抓住山中景物幽深奇特的特點，反復描摹渲染，再現了新城北山雄奇壯麗而又富有詩情畫意的奇妙景色。文字優美，語言凝練簡短，風格峭刻峻潔。奇物异景，歷歷在目，給讀者留下極深刻的印象，是一篇别有情趣的游記。

原文 去新城之北三十里，山漸深，草木泉石漸幽。初猶騎行石齒間。旁皆大松，曲者如蓋，直者如幢，立者如人，臥者如虬②。松下草間有泉，沮洳伏見③；墮石井，鏘然而鳴④。松間藤數十尺，蜿蜒如大蚖⑤。其上有鳥，黑如鴝鵒⑥，亦冠長喙，俯而啄，磔然有聲⑦。稍西，一峰高絶，有蹊介然，僅可步。繫馬石觜⑧，相扶攜而上。篁筱仰不見日⑨，如四五里，乃聞鷄聲。有僧布袍躡履來迎，與之語，愕而顧，如麋鹿不可接。頂有屋數十間，曲折依崖壁爲欄楯⑩，如蝸鼠繚繞乃得出，門牖相值⑪。既坐，山風颯然而至，堂殿鈴鐸皆鳴⑫。二三子相顧而驚，不知身之在何境也。

且莫，皆宿。於時九月，天高露清，山空月明，仰視星斗皆光大，如適在人上。窗前竹數十竿相摩戛⑬，聲切切不已。竹間梅棕，森然如鬼魅離立突鬢之狀⑭。二三子又相顧魄動而不得寐。遲明，皆去。

既還家數日，猶恍惚若有遇，因追記之。後不復到，然往往想見其事也。

注釋 ①新城：舊縣名，宋代屬兩浙路，在今浙江桐廬縣。②虬：古代傳説中一種有角的小龍。③沮洳：低濕的地方。④鏘然：象聲詞。形容聲音清脆，像敲擊金石一樣。⑤蚖：蠑螈、蜥蜴等爬行類動物。⑥鴝鵒：鳥名，俗稱八哥。⑦磔然：鳥啄木的聲音。⑧石觜：石角。⑨篁筱：泛指密密的竹林。⑩欄楯：欄杆。縱爲欄，横爲楯。⑪牖：窗戶。⑫鐸：大鈴，形如鐃、鉦而有舌，古代宣布政教法令用的，亦爲古代樂器。⑬摩戛：摩擦發聲。戛，形容聲音突然中止。⑭離立：并立。突鬢：鬢髮突兀。

譯文 離新城北面三十里，山勢逐漸增高，到處是野草樹木、泉水岩石，環境越來越幽靜。開始時還能騎馬行進於如牙齒般參差不齊的亂石間。路兩旁都是大松樹，彎曲的好像曲柄車蓋，筆直的好像垂筒形的旌旗，挺立的像一個個活人，平卧的像一條條有角的小龍。松樹下的草叢間，泉水在低窪潮濕的地方時隱時現，泉水落入石井，發出清脆的聲音。松樹中間有藤條，有的長達數十尺，彎彎曲曲像一條條的大蠑螈。松樹上有一種鳥，像八哥一樣渾身黑色，紅頂長嘴，低頭啄食樹上的蟲蟻，發出清脆的響聲。稍微往西，一座山峰很高，山下一條小路，窄得衹可容一個人行走。把馬拴在岩石的尖角上，大家相扶相攜着往上攀登。前面有竹林一片，抬頭看不見太陽。走了大約四五里，才聽到鷄叫聲。有個僧人穿着布袍，趿拉着鞋子前來相迎，和他交談，他很驚慌，不斷地東張西望，像麋鹿一樣難以接近。山頂有幾十間房屋，曲折回旋，依崖壁而建，周圍築有欄杆，要像蝸牛和老鼠一樣迂回着爬行才能走出來。而這間屋的門和那間屋的窗正好相對。坐定之後，山風颯颯地吹來，大殿、廳堂的大小鈴鐺一起叮當作響。大家相視而驚，好像不知道置身於什麼仙境似的。

天快黑了，大家就都住在山上。當時正是九月，天高氣爽，霜露潔白，山林空寂，月光明亮，抬頭看看天上的星斗，又亮又大，好像正在人頭頂上一樣。窗戶外邊有數十棵竹子互相摩擦，不斷發出輕微的聲音，像人在切切私語一樣。竹叢裏的梅樹和棕櫚，像披頭散髮的妖怪并立在那兒。大家又面面相覷，驚恐不安而不能入睡。挨到天亮，都動身走了。

回家以後好幾天，還心神恍惚不定，好像又遇到那天游北山的情景，於是把它追記下來。以後再沒到過那兒，然而常常想起那次游山的情景來。

李格非

作者簡介　李格非（約一〇四五—約一一〇五年），北宋文學家。字文叔，章丘（今屬山東）人，宋代著名女詞人李清照之父。幼時聰敏警俊，刻意於經學。宋神宗熙寧九年（一〇七六年）進士。歷任鄆州教授、博士、校書郎、禮部員外郎、提點京東路刑獄等職。其散文文辭練達，以情動人，為人所稱許。

書洛陽名園記後

題解　宋哲宗紹聖二年（一〇九五），李格非作《洛陽名園記》，記敘了北宋洛陽十九座園林的盛貌。本文是他為這一組文章寫的後記，點明瞭寫作《洛陽名園記》的主旨。

文章以唐代洛陽的興廢為例，借古喻今，以園林之廢，窺國家之衰，隱含着對對北宋國勢危殆之憂慮，對朝廷上下縱情享樂的不滿，并委婉地指出了居安思危的道理。文章層次分明，邏輯嚴密，文筆質樸無華，見微知著，發人深省。

原文　洛陽處天下之中，挾崤澠之阻[1]，當秦隴之襟喉[2]，而趙魏之走集[3]，蓋四方必爭之地也。天下常無事則已，有事，則洛陽必先受兵。予故嘗曰：「洛陽之盛衰，天下治亂之候也[4]。」

方唐貞觀、開元之間⑤，公卿貴戚開館列第於東都者⑥，號千有餘邸⑦。及其亂離，繼以五季之酷⑧。其池塘竹樹，兵車蹂踐，廢而爲丘墟；高亭大榭⑨，煙火焚燎，化而爲灰燼；與唐共滅而俱亡，無餘處矣。予故嘗曰：園圃之興廢，洛陽盛衰之候也。

且天下之治亂，候於洛陽之盛衰而知；洛陽之盛衰，候於園圃之廢興而得；則《名園記》之作，予豈徒然哉？

嗚呼！公卿士大夫方進於朝⑩，放乎一己之私意以自爲，而忘天下之治忽⑪，欲退享此樂，得乎？唐之末路是矣！

注釋

①崤：崤山名，在今河南省境內，是函谷關的東端。澠：古地名，爲古代「九塞」之一，即今河南信陽西南的平靖關。②秦隴：今陝西、甘肅一帶。襟：衣領。襟喉，比喻地勢險要。

③趙魏：古趙國、魏國，今河北、山西、河南一帶地方。走集：邊界要塞，交通要冲。④候：徵兆。

⑤貞觀：唐太宗李世民年號（六二七—六四九）。開元：唐玄宗李隆基年號（七一三—七四一）。

⑥開、列：建造。東都：唐以洛陽爲東都，長安爲國都。⑦邸：高級官員的住宅。⑧五季：指五代，即後梁、後唐、後晉、後漢、後周五代。酷：慘重的兵禍。⑨大榭：高大的樓臺。榭，建築在臺上的房屋。⑩進於朝：在朝廷做官。進，進用。⑪治忽：治亂。

譯文

洛陽地處天下的中心，依靠着肴山與澠池的險阻，位於秦地和隴地的咽喉要道，出入趙魏之地的必經之路，是四方必爭之地。如果天下太平，也就罷了；一旦發生變亂，洛陽必將首先遭受兵患。所以我曾經說：「洛陽的興盛衰落，是天下安定和戰亂的標志啊！」

唐朝的貞觀、開元年間，朝廷的高級官員和皇親國戚在東都洛陽修建館捨和宅第的，號稱一千多戶。等到政治混亂、憂患重重，終於崩潰後，接着又是五代的戰火連綿，災難深重，洛陽的池塘、竹林、樹木，被兵馬踐踏，變成了一片廢墟；那些高大華麗的亭臺樓閣，被煙火焚燒，化爲灰燼，與大唐江山同歸於盡，一處也沒剩下來。因此我常說：「這些園林的興盛與荒廢，是洛陽繁盛與衰落的標志啊！」

既然天下的安定與戰亂，從洛陽的盛衰便可以看出來；而洛陽的盛衰，看一看這些園林廢興的迹象就可明白，那麼《洛陽名園記》的撰述，難道是白費筆墨嗎？

唉！公卿士大夫們在朝廷當權時，大都放縱自己的私欲，胡作非爲，衹爲自己打算，把國家政事的好壞不放在心裏，想在退休以後安享林園之樂，辦得到嗎？唐朝的滅亡就是前車之鑒啊！

後記

文章乃「經國之大業、不朽之盛事」（曹丕《典論・論文》），此於宋代散文見之尤然。在選編和審閱《中國歷代文選》書稿的過程中，對於政治家兼文學家魏文帝的這句至理名言，感受越來越具體、理解越來越深刻！

縱觀人類文明發展史，世界上的偉大文學家往往也是杰出的思想家或政治家。他們無不以人爲本，關愛天下，關切社會的健康發展，具有強烈的歷史使命感和鮮明的社會責任心，無不執著地熱愛祖國、關注現實、關心人民，弘揚民族正氣，堅持公平正義，既眼光敏銳又思想深邃；而傳誦千古、膾炙人口的優秀作品，或紀事說理，或寫懷抒情，往往既具有深刻的思想性，也具有高度的藝術性，內容與藝術臻於完美融合，或反映時代，關懷民生，體現正直，涵納着積極向上的人文精神，或創新出奇，文采煥發，體現着作者的學養膽識、藝術腕力和大智慧、大境界、大胸襟。僅就中國而言，從老子、孔子、孟子、屈原，到李白、杜甫、白居易、韓愈，直到歐陽修、王安石、蘇軾、辛弃疾、文天祥……無不胸懷天下，「以斯文爲己任」。歷史證明，所謂「懷天下者，天下懷之；愛萬民者，萬民愛之」，信然！

在中華民族發展的歷史長河中，文章是中華民族歷史發展、文化發展和文明發展的眞實記錄，是中華民族歷史實踐的智慧結晶和民族精神的重要載體。中國是世界上散文創作時間最早、作品數

量最多、民族特色最鮮明的散文大國和散文強國。而長達三百二十年的趙宋時代，既是中國古代文化發展的興盛期，又是中國散文創作的鼎盛期。宋代散文或記事、或說理、或抒情，無不重事實、講藝術，不僅意境新，辭彩美，而且哲思灼見，議論英發，表現出濃厚的時代氣息和強烈的民族精神。其關切社會民生、謀略國家發展，「憂以天下、樂以天下」的思想境界，其精於結構、善於創新，奇思妙語、深情幽趣的藝術腕力，無不令人贊嘆，耐人咀嚼！前人有言，嘗鼎一臠即知全味，窺其一斑而見全豹，奉獻給讀者的《中國歷代文選・北宋文選》及《中國歷代文選・南宋文選》，大體可以領略宋代散文的風采風貌和藝術境界。

《中國歷代文選・北宋文選》及《中國歷代文選・南宋文選》這兩部著作的編撰付梓，首先要感謝中華書局原總編傅璇琮先生的信任和囑托。庚寅仲夏，先生打來電話，說他應出版社之邀，精心策劃《中國歷代文選》編寫工作，正在遴選和確定合適的編撰者，囑我務必承擔宋代部分的編撰。傅先生德高望重，享譽海內外。他不僅博學多識，治學嚴謹，著述等身，而且獎掖後進，如恐不及，是我一直敬仰的學界前輩之一。上世紀八十年代，在撰寫國家社科基金重大項目十四卷本《中國文學史》宋代卷時，先生的《黃庭堅和江西詩派研究資料彙編》①對我幫助甚大，我對黃庭堅、對宋代文化的深入思考與研究，都曾受益於此書。那時，欽佩景仰之際，時常遺憾不曾拜晤。十年後，在浙江新昌的唐代文學研究會年會上，才有幸聆聽教誨。於復旦大學完成博士學業後，自滬晉京，

供職於全國哲學社會科學規劃辦公室，叨教日繁。傳先生不僅對我的工作給予了多方面支持，參與國家社科基金項目評審，而且鼓勵我堅持開展學術研究，每有新著問世，即簽贈惠賜。拙著《黃庭堅與宋代文化》付梓時，先生還特意撰寫了長篇序言，褒揚鼓勵有加。自然，我也把以往的學習研究成果如《宋代散文研究》、《宋代文學論稿》、《傳承與創新》、《詩詞品鑒》等著作呈傳先生批評指正。由是，傳老十分熟知我的研究方向。新世紀初，先生總編《中國文學通論》，我應邀撰寫了《宋代文學史》（劉揚忠先生主編）散文、駢文兩部分。這次囑托編撰《中國歷代文選》中的宋代部分，是又一次敦促與提攜，余唯盡心盡力以競其事，遑有他哉！

其實，文章選編是我國傳承數千年的優秀文化傳統。它既是廣泛傳播文學精品和普及文化教育的重要渠道，又是豐富人們精神生活和提高民族整體素質的有效途徑，既是開展學術研究、表達學術見解的一種方式，又是探尋文化發展規律、創新民族文化的重要基礎。孔子刪詩[2]、蕭統編文選[3]，其在中國文學史、中國文化史乃至中國學術研究史上發生的巨大作用，衆所周知。司馬遷《史記·孔子世家》載，「古者《詩》三千餘篇，及至孔子，去其重，取可施於禮義……三百五篇。」據此而言，由三千餘篇到三百五篇，取捨標準明確，與其説是「刪詩」，不如説是「選詩」更確切，而正是因爲孔子這一「選」，使《詩》不僅成爲千古經典，廣泛流傳，而且澤被百代，促成了數千年連續發展的專門學科「詩經學」。南朝·梁·蕭統編撰《昭明文選》，選錄先秦至梁近千年、上百位作者的三十八類文章，成三十卷。是書選取「事出於沈思，義歸於翰藻」的作品七百五十餘篇，對後世學子產生了廣泛而深遠的影響。唐以詩賦取士，學子須精通《文選》，方有登科可能；至宋則被推尊爲「文章祖宗」，民謠盛傳「文選爛，秀才半」。

宋代以文禮興邦治國，當軸者非常重視文章選編，把它作爲國家文化建設、培養士子人才、淳樸民風民俗的重要手段，作爲仕宦官吏學習歷史、借鑒經驗和提高理政才能的重要途徑。北宋朝廷不僅傾國家之力組織編輯《册府元龜》、《太平御覽》、《太平廣記》這樣規模宏大的高典大册，而且專門抽調李昉、徐鉉、宋白及蘇易簡等碩學鴻儒二十多人，編選長達千卷的《文苑英華》。是書上繼《昭明文選》，起自蕭梁，下訖晚唐五代，選録作品約兩萬篇，作者兩千多人。其後，姚鉉又從《文苑英華》中選編唐人作品成《唐文粹》百卷，序稱「以古雅爲命，不以雕篆爲工，故侈言曼辭率皆不取。」南宋孝宗皇帝命著名理學家呂祖謙編選北宋詩文，意在「補治道」（周必大《序》），「所得文集凡八百」[4]，成《皇朝文鑒》一百五十卷，收文章二千五百多篇，作者二百多人。朱熹認爲「篇篇有意」，「所載奏議，亦係一時政治大節」[5]。呂祖謙還編纂《古文關鍵》指導士子科藝，其卷首總論古文閱讀和寫作法則，探討古文形式美。其《左氏博議》，甚至成爲南宋最流行的課子秘籍，家藏此書，戶有是籍。魏齊賢、葉棻編選《聖宋名賢五百家播芳大全文粹》，更是長達百卷，凡五百二十家，規模宏大；而托名謝枋得編撰的《千家詩》更是成爲流傳極廣的啓蒙教材。

明清時期發揚蹈厲此風，所編所選，或詩或文，種類繁多，數不勝數。明初朱右選韓柳等八家古文爲《八先生文集》，明中葉唐順之選《文編》，明末茅坤編《唐宋八大家文鈔》。清代蘅塘退士編選《唐詩三百首》，擇其「膾炙人口之作」，意欲替代前人所編《千家詩》，成爲合適的家塾課本。姚鼐編撰《古文辭類纂》，旨在爲學子提供範文，啓示古文寫作門徑。吳之振、呂留良、吳自牧編選《宋詩鈔》。這些都是影響很廣的詩文選本。近代以來，文學的作品選編，更是令人目不暇接，甚至到了眼花繚亂的地步。詩選、文選、詞選、戲劇選、小説選等等，不一而足。毫無疑問，這對豐富人們日益增長的精神文化生活需求，對於提高全民族的文化素養與文明素質，對於弘揚中華民族的優秀文化傳統和創造新時代的新文化，都具有不容低估的現實意義和歷史意義。

傅先生爲當代學術名家，主編過《全宋詩》、《續修四庫全書》、《中國古籍總目》等大型項目，有重要學術論著如《唐代詩人叢考》、《唐代科舉與文學》、《唐代翰林學士傳論》、《李德裕年譜》等數十種。這次主持《中國歷代文選》，無疑是對中國文章選編優秀文化傳統的繼承和發揚。正因如此，我十分願意參與其間，爲中國古代優秀文化的傳播與普及，做點具體的事情，於是接受了先生的邀請。

然而，近些年來，國家高度重視哲學社會科學繁榮發展，我們承擔的工作任務十分繁重。古人言，在其位必謀其事，職責在焉，身不由己，且冗務繁多而期約甚緊。於是，遂請楊靜同志負責北宋部分、張玉璞同志負責南宋部分，各爲一册，分別進行選編與撰寫初稿，陸續交我統一修改審定。與此同時，我負責撰寫本書《前言——宋代散文的發展與特徵》和《宋代散文選後記》。張玉璞教授多年來一直在宋代文學領域勤奮耕耘，發表的論著頗豐；楊靜同志前些年曾在北京師範大學攻讀博士學位，專門研究宋代文學，論文扎實，且有成果發表；他們對宋代散文都很熟悉且有一定研究。根據《中國歷代文選》規定的要求和體例，我們本着對著者負責、對讀者負責、對歷史負責的精神，力爭高標準、高要求、高質量，既注重思想性與藝術性兼勝，又注重科學性與知識性雙優，既選擇經過歷史檢驗、影響深廣、膾炙人口的名家名篇，也不放弃新發現、新發掘的俊章佳構。特別是解題力求準確、凝練地概括出作品的主要特色與創新之處，注釋力求簡明、科學、謹嚴。北宋部分選二五家一一二篇，南宋部分選三十三家五十九篇，共計六十家一百六十七篇。此與宋代散文實際創作的數量相比，的確挂一漏萬！然而，選編的過程，也是學習的過程，更是深厚學術友誼的過程，大家合作緊張有序，愉快默契，順利而有效率。當然，由於是書篇幅所限，一些優秀的作品祇能割愛，如徐鉉《重修説文序》、柳開《代王昭君謝漢帝疏》、楊億《殤子述》、晏殊《答贊善兄家書》、穆修《唐柳先生集後序》、黃庭堅《小山詞序》、李清照《詞論》、辛弃疾《跋紹興辛巳親征詔草》等等，均未納入書中，不無遺珠之憾。

宋代散文的選編，其實在呂祖謙奉命編選《皇朝文鑒》之前，即已有之，而在其後，則不勝枚舉。但是，往往詩賦并收，不僅數量大，而且無注釋，不利於傳播和普及。眞正讓廣大讀者領略宋代散文風采的優秀選本，是當代享譽中外的著名學者王水照先生的《宋代散文選注》。是書精選宋代三十一家六十篇膾炙人口的散文作品，并詳加注釋，深受讀者歡迎。一九六一年中華書局上海編輯所首次出版之後，不斷再版重印，香港、臺灣也都有印行，發行數量已達數十萬册。水照師是新中國成立後，宋代散文研究的開創者和先行者，也是宋型文化理念的最早倡導者和積極推進者，其深刻敏鋭的學術眼光和淵博深厚的理論素養，在這本選注裏都有具體的表現。此後，人民文學出版社於一九八〇年出版了楊明照先生主編的《宋文選》，一九九七年又出版了四川大學中文系古典文學教研室選注的《宋文選》（上、下册），爲人們學習瞭解宋代散文提供了很大的方便。但目前僅有的選本，與宋代散文的巨大成就和影響極不相稱，遠遠不能滿足人們學習瞭解宋代散文的需要，但願即將付梓的《中國歷代文選·北宋文選》及《中國歷代文選·南宋文選》，能爲當前人們日益增長的精神文化需求有所幫助，也期盼有更多更好的宋代散文選本不斷面世！

審閱完本書的最後一篇文章并草擬了上述文字，早晨的太陽已經透過明亮的窗子悄悄爬進了陽臺上的書房。抬頭遠眺，湛藍湛藍的天空飄動着幾片潔白潔白的雲彩，這是北京冬天的又一個好天氣，讓人感受到一種格外的輕鬆、溫馨和愉快！

楊慶存

庚寅歲末擬於北京長椿苑

注釋

①中華書局一九七八年版。②司馬遷《史記》，中華書局校點本。③蕭統《昭明文選》，《四部叢刊》本。④呂喬年《太史成公編皇朝文鑒始末》。⑤陳振孫《直齋書錄解題》。